rororo

Ulrike Kuckero

Paulas Tage Buch

Rowohlt Taschenbuch Verlag

Originalausgabe
Veröffentlicht im Rowohlt Taschenbuch Verlag,
Reinbek bei Hamburg, Dezember 2003

Lektorat Silke Kramer
Umschlagillustration und Reihengestaltung
Birgit Schössow
Umschlaggestaltung any.way, Barbara Hanke
Satz Palatino PostScript, QuarkXPress 4.11
Gesamtherstellung Clausen & Bosse, Leck
Printed in Germany
ISBN 3 499 21255 2

Die Schreibweise entspricht
den Regeln der neuen Rechtschreibung.

Für meine Töchter Amrei und Lilith
und für Ronja

Inhalt

Der schrecklichste Tag

Heute war der schrecklichste Tag.

Paula kniff die Augen zu und verkroch sich noch tiefer unter der Bettdecke. Sonntag. Der Tag vor Montag. Der Tag vor der Klassenreise. Der Tag der Entscheidung.

«Und ich tu's!», knurrte Paula missmutig unter ihrer Decke. «Ich tu's. Ich fahr nicht mit!»

Schwungvoll stieß sie die Decke von sich und setzte sich auf. Gleich zehn Uhr. Schon seit einiger Zeit hörte sie die Mutter und Birte, ihre große Schwester, in der Küche und auf dem Flur rumoren. Hauptsache, keiner kommt rein und ruft fröhlich: «Aufstehen! Die Sonne scheint!»

Dabei war das noch nicht einmal gelogen, dachte Paula grimmig und warf einen kurzen Blick zum Fenster, hinter dem die schönste Sommersonne leuchtete. Doch Paula hatte kein Interesse am Wetter. Sie hatte auch kein Interesse am Frühstück und an sonst irgendwas. Nein, heute war der schrecklichste Tag, so viel stand fest. Am besten, sie rief sofort ihre Klassenlehrerin Frau Essigbaum an, um für die Reise abzusagen.

«Das tut mir aber Leid», würde Frau Essigbaum sagen, «bist du krank? Willst du vielleicht nachkommen, wenn du wieder gesund bist?»

Und sie? Was würde sie selbst sagen? Etwa die Wahrheit?

Auf keinen Fall, entschied Paula und ließ sich rücklings aufs Bett fallen. Nicht die Wahrheit. Die würde mich ja auslachen. Am besten Lungenentzündung oder so was Ernstes, das nicht in drei Tagen auskuriert ist. Etwas Langwieriges. Etwas Lebensgefährliches am besten, jawohl!

Die Wahrheit jedoch war keineswegs gefährlich oder langwierig, das gab Paula zu. Aber ernst war es immerhin. Sehr ernst. So ernst, dass …

Es klingelte.

Kurz und gellend.

Paulas Gedanken stoppten in voller Fahrt und prallten gegen dieses kurze, gellende Geräusch der Türklingel.

Wer kam am Sonntagmorgen um zehn?

Paula hörte Stimmen auf dem Flur, die Mutter sagte gerade: «Die ist noch in ihrem Zimmer, aber geh ruhig rein, sie ist sicher schon wach», und dann war ein Klopfen zu hören, laut wie Donnergrollen.

Judith!, schoss es Paula durch den Kopf. O nein, das ist Judith und will mit mir Rezepte für unsere Klassenreise durchhecheln! Heute war eindeutig der schrecklichste Tag in ihrem Leben, so viel stand fest.

Langsam ging die Tür auf.

«Paula? Schläfst du noch? Wir wollten doch …»

Judith steckte ihren Kopf herein und schielte zu Paulas Bett hinüber.

«Komm rein und mach die Tür wieder zu!», knurrte Paula und zog sich die Bettdecke bis zum Kinn.

Judith trat ans Bett und schaute Paula prüfend an. Dann setzte sie sich auf den Stuhl daneben und starrte Paula weiter an.

«Du bist doch nicht krank, oder?», sagte sie schließlich.

Genervt stöhnte Paula auf und packte die Bettdecke noch fester. Was sollte sie jetzt tun? Was sollte sie Judith sagen? Sollte sie lügen? Die Wahrheit sagen?

Pah, die Wahrheit! Die war so lächerlich dumm, dass Paula ächzte vor Selbstverachtung. Aber trotzdem konnte sie nicht anders. Nein, sie *konnte* einfach nicht mitfahren. Sie war sich so *sicher*, dass es jetzt passieren würde. Da konnte sie doch nicht auf Klassenfahrt fahren! Auf keinen Fall!

Mit einem Schwung schob sie die Bettdecke wieder weg und stand auf.

«Moment», murmelte sie und vermied es, Judith in die Augen zu blicken, «warte mal eben, ja? Bin gleich wieder da.»

Schnell ging sie aus dem Zimmer und rein ins Bad. Zum Glück war nicht gerade Birte drin. Wenigstens ein lichter Moment an diesem miesen Tag!, dachte Paula grimmig und sperrte hinter sich ab.

Ohne es zu wollen, schaute sie in den Spiegel. Da stand sie, Paula, zwölfeinhalb Jahre alt, langweilige Haare und zu kleiner Mund, hässlich wie der Neumond, Pickel an der Stirn und am Kinn, und wollte nicht auf diese supertolle Klassenfahrt gehen, nur weil sie fürchtete, dort zum allerersten Mal ihre Tage zu bekommen.

Bekloppt. Total bekloppt.

Wie um sich zu zeigen, wie sehr sie sich verabscheute,

zog sie eine Fratze und rollte mit den Augen. Dann drehte sie das Wasser auf und knallte sich eine Ladung voll ins Gesicht. Die Kälte brannte auf ihrer Haut. Wütend schrubbte sie mit der Zahnbürste in ihrem Mund herum, doch nichts half. Das miese Gefühl blieb.

«Ich sag's ihr, und zwar die Wahrheit, die volle Wahrheit», zischte Paula dem Spiegel zu und setzte sich auf die Toilette.

Dort wartete sie extra eine Weile.

«Eine kleine Chance hast du jetzt!», murmelte sie ihrem Bauch zu.

Doch ihr Bauch wollte seine Chance nicht. Er blieb, wie er war, und Paula musste wohl oder übel Judith die schlechte Nachricht überbringen. Schnell zog sie sich an und huschte über den Flur zurück in ihr Zimmer.

Judith stand am Fenster und blätterte in einem Kochbuch, das sie mitgebracht hatte.

«Schau mal, ist das *lecker*!», seufzte sie. «Hähnchenkeulen mit Crème fraîche!»

Paula schluckte. An Hähnchen wollte sie nun zu allerletzt denken. Sie atmete tief ein und konzentrierte sich.

«Tut mir Leid», fing sie an. «Äh, ich meine, verstehst du, ich kann, äh, nicht.» Dabei starrte sie auf die Hähnchenkeulen und hielt die Luft an.

Doch Judith blätterte ungerührt weiter.

«Oh», sagte sie erfreut. «Pfannkuchen. Ich weiß, dass du nicht kochen kannst. Aber ich kann doch auch nichts – außer Pfannkuchen. Sieh mal! Ganz einfach!»

Sie hielt Paula das Buch vor die Nase.

Paula schob das Buch zur Seite. «Hör mir doch mal

zu!», sagte sie und setzte sich aufs Bett. «Ich meine die Klassenfahrt! Ich komm nicht mit!»

Judith ließ das Buch sinken. Es machte plopp. Das war alles, was zu hören war.

Judith starrte Paula an und bemühte sich sichtlich, ihre Worte zu verstehen. Doch ihrem Gesichtsausdruck zu folgen, gelang es ihr nicht.

«Du willst *was*?», fragte sie schließlich ungläubig.

Paula schluckte nervös. Wie konnte sie es ihr begreiflich machen, ohne *davon* zu sprechen?

«Ich …», stotterte sie ungeschickt, «ich kann nicht mitkommen. Ich … ich …» Paula stöhnte. Was sollte sie denn *sagen*? Sie holte tief Luft und platzte heraus: «Ich krieg bestimmt meine …»

Judith erstarrte. Wie festgefroren hielt sie das Buch in der Hand und den Blick auf Paula gerichtet.

Paula erschauerte. Nun war es fast heraus. Hatte Judith begriffen?

Da zwinkerte Judith unmerklich und sagte leise: «Du kriegst deine *was*? Hast du sie denn schon?»

«*Was* denn?», ächzte Paula.

«Deine Dingsda!»

«*Dingsda?* Was ist denn das für ein blöder Ausdruck! Meine *Dingsda*! Hab ich ja noch nie gehört!» Ärgerlich starrte Paula Judith an.

Da fing Judith an zu lachen. Prustend warf sie sich neben Paula auf die Bettdecke.

«Stimmt eigentlich!», gluckste sie, «*Dingsda!* Echt gut!»

«Lenk nicht ab! Raus mit der Sprache: Was soll das heißen: Dingsda?», fragte Paula gebieterisch.

Judiths Gelächter verstummte. Sie setzte sich auf, und während sie an ihrem T-Shirt nestelte, murmelte sie: «Na, du weißt schon, deine Tage natürlich. Ich wollte bloß niemanden blamieren. Sorry.»

«*Blamieren?*» Paulas Stimme klang jetzt echt sauer. «Ist das etwa zum Blamieren? Findest du das??»

«Neiiin,», sagte Judith gedehnt und zerrte jetzt an der Bettdecke, «aber ich … Ich weiß auch nicht. Ich wollte dir nicht zu nahe treten. Echt.»

Paula schwieg.

Sie wusste, dass es so war. Paula fand, man spürte, wenn der andere die Wahrheit sagte.

Und trotzdem war sie wütend. Warum nur?

Vielleicht weil sie jetzt ihre Tage so verteidigte, als wären sie das Natürlichste der Welt. Dann kann man auch gleich mit zum Silbersee fahren, dachte Paula grimmig. Aber sie sind eben nicht das Natürlichste der Welt. Nicht, wenn man sie zum ersten Mal kriegt!

Sanft stieß Judith sie an. «Also, hast du sie schon?»

Langsam schüttelte Paula den Kopf.

Judith schien erleichtert aufzuatmen. Überrascht sah Paula sie an.

«Und du?», fragte sie leise.

Judith schüttelte den Kopf. «Nö. Ist auch nicht nötig. Danke schön, ich möchte nicht. Meine Mutter kriegt immer Migräne, wenn sie sie hat. Bestimmt erbe ich das von ihr. Nein danke!»

Judiths Stimme schnappte fast über bei den letzten Worten.

Paula sah Judith erschrocken an.

Konnte man so etwas erben? Beunruhigt überlegte sie, wie ihre eigene Mutter sich benahm. Klagte sie über Krämpfe? Kopfschmerzen? Schlechte Laune?

Doch bevor Paula weiterdenken konnte, sprach Judith schon. Sie stand wieder mitten im Zimmer, blickte in das aufgeschlagene Kochbuch und verkündete: «Lassen wir doch dieses unerfreuliche Thema! Ich hab gestern das ganze Kochbuch durchgewühlt und schon zwei tolle Sachen zum Kochen gefunden. Schau mal! Was hältst du davon?»

Paula blieb auf dem Bett sitzen.

Sie fühlte sich verwirrt.

Was wollte sie eigentlich? Und was nicht?

Wollte sie wirklich diese tolle Klassenfahrt nicht mitmachen, nur weil sie fürchtete, ihre ersten Tage ausgerechnet dann zu bekommen? Diese Klassenfahrt, auf die sich alle freuten, weil man zu sechst in eigenen Häuschen wohnte, allein einkaufen und kochen durfte, eigene kleine Feste feiern und überhaupt so frei sein konnte wie sonst nie auf Klassenfahrten? Diese Klassenfahrt, wo man angeblich so süße Jungs kennen lernte, die so gut wie immer pleite sind und sich mit allem Möglichen ihr Frühstück verdienen wollen?

Paula wusste, dass Judith sie nicht verstehen würde. Sie verstand sich selbst ja nicht mehr. Was sollte sie tun? Was *wollte* sie tun?

Sie ließ sich wieder rücklings aufs Bett kippen und wollte gerade den Kopf unter die Decke wühlen, da spürte sie Judith neben sich.

«Halt», sagte Judith in strengem Ton, «so geht das

nicht. Du kannst doch nicht einfach hier bleiben! Was soll ich dann da machen, so ganz allein?»

«Du bist doch gar nicht allein!»

«Ohne dich schon. Soll ich etwa mit Jenny in ein Zweierzimmer? Du weißt, wir sind auch mit dir nur fünf. Also, *das* kannst du mir nicht antun. Womöglich kriegen wir noch welche aus der Parallelklasse ins Haus, wenn du fehlst.»

«Und die andern? Die sind doch auch noch da», sagte Paula störrisch.

«Du meinst Nevin? Okay, die ist ja nett, aber immer so still. Und Maxie nervt immer so mit ihren Navajos!»

Jetzt musste Paula doch grinsen.

Es stimmte. Jeder dritte Satz von Maxie begann mit: «Bei den Navajos ist das aber anders ...»

Maxies Mutter studierte irgend so eine Wissenschaft, welche die Indianervölker und besonders die Frauen dort erforscht.

Aber dennoch ... Auch Paula wäre enttäuscht, wenn sie ohne Judith fahren müsste. Also grub sie ihren Kopf nicht in die Decke, sondern setzte sich wieder auf und sah Judith an.

«Mal ehrlich», sagte sie langsam, «was wäre, wenn du sie dort kriegst?»

«Du meinst, meine *Dingsda*-Tage?» Judith grinste. «Also keine Ahnung. Vier Tage im Bett bleiben, nehme ich an. Oder mich ins Bad einschließen.»

«Vier Tage lang? Siehst du!» Paula triumphierte. «Das will ich euch ersparen. Ich weiß nämlich, dass ich sie jetzt bald kriege. Die Navajo-Frauen wissen das auch immer!»

«Die Navajo-Frauen!» Judith kreischte vor Vergnügen und schmiss ein Kissen nach Paula. Und schon war eine wilde Kissenschlacht in Gang, bis Paulas Schwester die Tür öffnete, um sich über den Lärm zu beschweren. Doch bevor sie den Mund öffnen konnte, flogen ihr zwei Kissen an den Kopf, und Paula und Judith riefen im Chor: *«Bei den Navajo-Frauen ist das auch immer so!»*

Ankunft im Haus Nummer fünf

Am Abend hatte Paula ihre Reisetasche gepackt. Sie war selbst überrascht. Und im Nachhinein konnte sie nicht mehr erklären, wie ihr Sinneswandel zustande gekommen war.

Jetzt suchte sie ihr Tagebuch. Oder sollte sie es vorsichtshalber zu Hause lassen? Sie entschied, dass sie den Schlüssel dazu an der Kette tragen konnte. Dann war es absolut sicher.

Und sollte sie ihr kleines Kuscheltier mitnehmen? Wenn Jenny das sah, würde sie bestimmt einen Lachkrampf kriegen: «Stellt euch vor, die kleine Paula schläft mit einem *Teddy*!»

Nein, lieber nicht. Oder nur versteckt im Kopfkissenbezug, entschied Paula.

Dann fiel ihr noch etwas ein. Sie stürzte ins Bad und griff sich drei Packungen Binden. Ob das reichen würde?

Auf dem Flur stieß sie mit ihrer Mutter zusammen. Die drei Bindenpackungen fielen auf den Boden.

«Verflixt!», rief Paula und bückte sich hektisch. Auch das noch!

Ihre Mutter stand daneben und sah ihr zu. Dann legte sie ihren Arm um Paula und sagte: «Paula, Liebes, ich hab ja gar nicht gemerkt, dass du schon deine Tage hast! Warum hast du mir nichts erzählt?»

Das war zu viel. Sie wusste auch nicht warum, doch auf einmal fing Paula an zu schluchzen. Und dann erzählte sie ihrer Mutter alles. Vom Warten und Angsthaben, von Judith und den vielen Plänen, von den Binden und dem Nicht-mitfahren-Wollen.

«Ich kann dich gut verstehen, Paula», sagte die Mutter und drückte Paula noch ein bisschen fester an sich. «Aber mach dir keine Sorgen. Wahrscheinlich kriegst du sie gar nicht. Wart mal ab, am Ende kommen sie erst in einem halben Jahr.»

«Meinst du?», rief Paula erschrocken. «Ich bin doch schon so spät dran damit!»

Ihre Mutter meinte, das wäre nun wirklich nicht der Fall. Manche Mädchen würden erst mit sechzehn ihre Tage kriegen. Und dann erzählte sie zur Aufmunterung einen Witz aus ihrer eigenen Jugendzeit: «Fragt ein kleiner Junge seinen Freund: ‹Was wünschst du dir zum Geburtstag?› – ‹o.b.s›, sagt der entschieden. – ‹Was ist denn das?›, will der Junge wissen. – ‹Weiß ich auch nicht›, antwortet der Freund, ‹aber damit kann man reiten, schwimmen und Tennis spielen.›»

Paula verzog das Gesicht. Der Gedanke an Tampons hatte ihr gerade noch gefehlt. Doch die Mutter lachte vergnügt, murmelte was vom schweren Erwachsenwerden und ging in die Küche.

Dann rief zu allem Überfluss auch noch ihr Vater an, um ihr eine gute Fahrt und viel Spaß zu wünschen.

«Das wird bestimmt eine tolle Zeit», schwärmte er und

wollte wissen, ob Paula am folgenden Wochenende zu ihm kommen könnte.

Paula stöhnte leise.

«Mal sehen, wie ich dann drauf bin», sagte sie vage.

Seit ihre Eltern sich vor einem Jahr getrennt hatten, wohnte Paulas Vater in einem anderen Stadtteil, und Paula besuchte ihn regelmäßig. Aber gleich nach der Klassenfahrt? Vor allem, wenn sie dann vielleicht gerade ihre Tage gekriegt hatte? Da wollte sie bestimmt nicht noch weiterfahren und bei Paps rumsitzen und sich nicht trauen, was zu erzählen. Ob Väter eigentlich wissen, dass ihre Töchter … So 'n Quatsch, unterbrach Paula diesen Gedanken und verabredete sich mit ihrem Vater für den Sonntagnachmittag.

Als Paula später im Bett lag, kam ihre Mutter kurz rein, um gute Nacht zu sagen.

«Viel Spaß», sagte sie und drückte Paula an sich. «Und ruf mal an. Vor allem, wenn du sie gekriegt hast, okay?»

Am nächsten Morgen musste alles so schnell gehen, dass Paula kaum zum Nachdenken kam. Duschen, Frühstücken, Brötchen und Äpfel für unterwegs schneiden, Waschsachen und Wecker einpacken, schnell noch die Haare föhnen und los.

Birte bot ihr an, die Reisetasche auf dem Fahrrad zu transportieren. Weil die Tasche wirklich schwer war und Mama schon zur Arbeit unterwegs war, nahm Paula an. Das war sehr nett von Birte.

Und so zogen die beiden Schwestern mit dem Fahrrad los.

Birte, die schon vor zwei Jahren zum Silbersee gefahren war, plauderte von Bodyguards, die abends nach zehn ihre Runden drehten, von Fernsehantennen aus Bügelhaken und von niedlichen Boys aus Flensburg.

Paula hörte nur mit einem Ohr hin. Das andere horchte nach innen.

War es heute so weit? Würden sie heute kommen?

Schnell fühlte Paula in der Hosentasche nach den Slipeinlagen, die sie eben eingesteckt hatte. Und damit gar nichts passieren konnte, hatte sie auch noch eine in ihr Höschen geklebt. Also konnte sie ganz beruhigt sein.

Dankbar für die Ablenkung hörte sie Birte weiter zu.

«Ich hoffe, ihr habt keine Rezepte ausgesucht, für die ihr einen Backofen braucht», sagte sie gerade. «Für einen Backofen muss man fünfzehn Euro extra bezahlen. Der wird einem dann reingestellt und ist so klein wie eine Mikrowelle.»

Das kümmerte Paula nun wenig. Für Pfannkuchen und Hähnchenkeulen brauchte man keinen Backofen! Und außerdem, gab es nicht wichtigere Probleme?

Die Navajo-Frauen brauchen auch keinen Backofen, dachte Paula und grinste heimlich.

Als sie in der Ferne die Schule sah und davor zwei große Busse, spürte sie so etwas wie Freude und Spannung.

Birte wuchtete die Tasche vom Gepäckträger.

«Viel Spaß also», sagte sie und klopfte Paula freundschaftlich auf die Schulter. «Und nicht vergessen: Sind die Jungens knapp bei Kasse, haben sie im Putzen Klasse! He, da geht ja Trixi!»

Schon war sie weg.

Paula packte ihre Tasche und ging auf den Pulk von Schülern, Lehrern und Eltern zu. Judith stand schon da und wartete auf sie. Paula glaubte, ein erleichtertes «Na endlich!» gehört zu haben. Ob Judith gedacht hatte, sie käme nicht?

Als der Bus endlich in das Feriendorf rollte, kreischten alle und stürzten an die Fenster. Hinten am Horizont glitzerte der See in der Sonne. Viele kleine Holzhäuser lagen links und rechts vom Weg, umgeben von grünen Hecken und Bäumen, auf den Wiesen dazwischen spielten Kinder, sogar ein Hund tollte herum und jagte einem Ball hinterher.

Auf einem Wendeplatz hielt der Bus und öffnete zischend seine Türen.

Paula trat in die Sonne. Alles war so hell und freundlich hier. Die Häuschen sahen gemütlich und nett aus, der Kiosk gegenüber hatte ein buntes Eisfähnchen flattern, hinten am See schien eine Gruppe Jugendlicher zu surfen. Paula atmete tief ein. Wird schon gut gehen, murmelte sie und suchte Maxie, Nevin und Judith.

Frau Essigbaum und Herr Botteblom, die beiden Klassenlehrer der siebten Klassen, riefen ihre Schüler in Gruppen zu sich.

«Häuser eins bis fünf befinden sich rechts von diesem Weg, Häuser sechs bis acht sind links hinter der Baumgruppe. Das Haus von uns Lehrern liegt leider etwas abseits», – hier pfiffen einige Schüler verheißungsvoll, «doch freut euch nicht zu früh», warnte Frau Essigbaum, «wir haben alles voll im Blick, keine Sorge! Wir wohnen in Haus zehn.»

«Haus Seeblick», ergänzte Herr Botteblom. «Ich schlage vor, die Wohngruppen gehen jetzt zu ihren Häusern und richten sich ein. Weil es schon Mittag ist und wir erst noch einkaufen müssen, wollen wir heute ausnahmsweise abends warm essen. Wir treffen uns alle um 14 Uhr in Haus eins!»

Es war halb zwölf. Die Schüler zogen in Grüppchen zu ihren Häusern. Erst jetzt bemerkte Paula, dass sie ihre Reisetasche gar nicht hatte. Sie blickte sich suchend um. Dem Himmel sei Dank! Da stand sie mutterseelenallein auf dem leeren Wendeplatz. Schnell lief sie zurück, schnappte sie sich die Tasche und eilte hinter ihren Mitbewohnerinnen her.

Bereits nach zehn Schritten fing sie an zu stöhnen. Puh, war die Tasche schwer! Das war ihr bislang gar nicht aufgefallen. Paula mühte sich mit der Tasche ab und versuchte gleichzeitig, die anderen einzuholen.

«Wartet doch», rief sie schließlich. «Meine Tasche …»

«Haus fünf! So ein langweiliger Name!», meckerte Jenny gerade.

Judith blieb stehen und griff mit der freien Hand nach Paulas Tasche. «Komm, ich helf dir», sagte sie leise. Dann stutzte sie ebenfalls.

«Hast du da Backsteine drin?», fragte sie.

«Eigentlich nicht», meinte Paula, dabei hatte sie selbst den Eindruck, dass mindestens zehn Kilo Steine in der Tasche sein mussten. Die Slipeinlagen konnten jedenfalls nicht so schwer wiegen.

«Wir können unser Haus ja umbenennen», hörte sie Nevin zu Jenny sagen. «Bei den Navajos ...»

«Genau!», rief Maxie. «Bei den Navajos ...»

Weiter kam sie nicht. Die Mädchen brüllten im Chor: *«Bei den Navajos ist das auch so!»* Nur Jenny schwieg und verzog das Gesicht.

«Nein, stimmt nicht», sagte Maxie jedoch ärgerlich. «Lasst mich doch mal ausreden! Bei den Navajos haben nur besondere Zelte Namen.»

«Unsere Hütte *ist* was Besonderes, das ist ja wohl sonnenklar!», bemerkte Jenny.

«Lass mich raten: Weil du drin wohnst?», sagte Judith und wechselte mit Paula die schwere Tasche auf den anderen Arm.

«Ganz recht!», sagte Jenny schnippisch und ging ein paar Schritte schneller. «Die zweite Besonderheit ist, dass wir noch ein Bett frei haben.»

«Ein Gästebett, meinst du?», fragte Maxie.

«Wie du willst», erwiderte Jenny kühl. «Wenn ich richtig informiert bin, habe ich ja ein Zimmer für mich allein, oder? Dann kann ich ja Besuch empfangen, stimmt's? Ich hab da schon jemanden eingeladen ...»

«O nein!», stöhnte Maxie. «Kaum steigt sie aus, hat sie auch schon ein *date*!»

«Wir werden ja sehen», sagte Judith nun sehr entschieden und stieg die kleine Treppe zur Tür von Haus Nummer fünf hoch. «Wir gehen jetzt erst einmal rein und packen unsere Sachen aus. Was dann mit Besuch ist oder nicht, entscheidet die Hausgemeinschaft, kapiert?»

Es ist die Falsche!

Die Zimmer waren toll. In jedem standen zwei Betten, dazwischen ein Tischchen, an der gegenüberliegenden Wand befand sich ein Holzschrank und ein Sessel.

In Paulas und Judiths Zimmer gab es eine Tür zum Balkon, der die ganze Vorderseite des Hauses einnahm und auch vom Zimmer neben ihnen einen Zugang hatte.

«Sieht so aus, als müssten wir uns den Balkon leider mit Jenny teilen», sagte Judith und klopfte kurz an die Balkontür von Jennys Zimmer. Doch es kam keine Antwort.

Wieder drinnen, machte Paula die Vorhänge auf und zu, klappte die Schranktüren ein paar Mal hin und her und warf sich mehrmals auf ihr Bett.

«Testphase», erklärte sie Judith, die ihr überrascht zugesehen hatte.

«Aha. Und wozu das alles?»

«Um zu sehen, ob alles funktioniert. Sonst kommen die hinterher an und sagen: Die Schranktür hat aber vor euch nicht so schief gehangen. Zehn Euro bitte sehr.» Paula warf sich noch einmal auf die Matratze. «Das weiß ich alles von Birte. Die mussten den sechsten Teller bezahlen, obwohl sie von Anfang an nur fünf hatten.»

«Fünf Teller für sechs Leute?,» sagte Judith empört. «Vielleicht sollten wir alles mal nachzählen!»

Es klopfte an der Tür, und Nevin steckte den Kopf herein.

«Bei uns fehlt ein Kopfkissen. Habt ihr vielleicht eins übrig?»

Paula sah Judith bedeutungsvoll an. «Siehst du? Es geht schon los.» Und zu Nevin gewandt: «Geh doch mal zu Jenny, die hat bestimmt eins übrig. Es sei denn, sie braucht es für ihren Besuch!»

Nevin verzog das Gesicht und verschwand.

Judith begann ihre Tasche auszuräumen. «Los, Betten beziehen, hopphopp», sagte sie in Frau Essingbaums Befehlston und grinste Paula auffordernd an.

Zufrieden seufzte Paula. Wie gut, dass sie doch mitgefahren war. Sie ließ sich vom Bett rollen und zog den Reißverschluss der Reisetasche auf.

«Iiihh!» Mit einem Aufschrei glitt ihr der Reißverschluss wieder aus der Hand, als hätte er sich in eine Kreuzotter verwandelt. Was war denn das? Ihr Blick fuhr über ein undefinierbares Knäuel in Braun- und Schwarztönen, dazwischen lugten einige Kronkorken mit dazugehörigen Hälsen hervor.

«Ich dachte, du wärst ordentlicher», hörte sie Judith hinter sich murmeln. «Und dass du Bier trinkst, hättest du mir ja auch mal sagen können. Kein Wunder, dass die Tasche so schwer ist.»

«Aber …», setzte Paula an und zerrte ein wenig an dem braunschwarzen Knäuel. Dann verschlug es ihr endgültig die Sprache.

Mindestens zehn Flaschen Bier lagen unter den Sweatshirts, die das Knäuel darstellten, daneben ein schweres Paar Fußballschuhe, drumherum mehrere undefinierbare Teile, wohl Socken und Unterhosen.

«Oha», sagte Judith nur.

Paula starrte auf die Tasche und schluckte. «Es ist die Falsche!»

Blitzschnell jagten ihre Gedanken zu ihrer eigenen Tasche: Schlafanzug, BH und Unterhöschen, Tagebuch, Kuschelteddy, und, schlimm, schlimmer, am schlimmsten: drei Pakete Slipeinlagen! O nein! Wer hatte ihre Tasche mitgenommen? Irgendein blöder Junge, so viel stand fest. Schlimmer konnte es wirklich nicht kommen.

«Tatsächlich», stellte Judith nüchtern fest. «Es ist die Falsche.»

«Und nun?», rief Paula verzweifelt. In Gedanken sah sie den affigen Malte oder den obercoolen Tim ihren BH schwingen und die Einlagenpäckchen durch die Luft werfen. Stöhnend sank sie neben der falschen Tasche zu Boden.

«Und nun?», wiederholte Judith aufreizend sachlich. «Und nun tauschen wir sie wieder um, ist doch logisch.»

«Aber bei wem denn?», rief Paula. «Siehst du in diesem Chaos irgendeinen blöden Namen?»

Judith beugte sich über die Tasche und wühlte ein paar Teile hervor. Nichts. Auch außen an der Tasche war nirgends ein Name zu finden.

Schließlich öffnete Judith die Tür und rief die anderen hoch. Maxie und Nevin schauten ratlos auf die Tasche und schüttelten die Köpfe. Auch sie hatten keine Ahnung, wem dieses Sweatshirt gehörte. Sogar Jenny aus dem Nebenzimmer tauchte auf, nur mit T-Shirt und Slip bekleidet, und studierte mit Kennermiene die Fußballschuhe.

«Zeig mal die Bettwäsche», meinte sie dann und grinste. «Mal sehen, ob ich die kenne.»

Du blöde Angeberin, dachte Paula. Doch sie schwieg und ließ den Blick über die bunten Männchen mit erhobenen Armen und Beinen schweifen, die über den fremden Bettbezug tanzten.

«Nö», meinte Jenny schließlich. «Mit solchen *Kindern* hab ich sowieso nichts zu tun.»

«Aha, danke für den Hinweis», knurrte Paula.

«Aber die Schuhe», fuhr Jenny fort und hob mit spitzen Fingern einen der dreckigen Stollenschuhe hoch, «die könnten Elias gehören. Könnte mich aber auch irren.» Damit stolzierte sie aus dem Zimmer.

Judith und Paula sahen sich an. Elias? Aus der 7a?

Sorgfältig packten sie alles wieder so ein, dass es genauso ein Chaos ergab, wie sie es vorgefunden hatten: verknäulte Sweatshirts, die Bierflaschen darunter versteckt, drumherum ein Durcheinander von Socken und Unterhosen als Puffer.

Also Elias aus der 7a. Und wo wohnte der bitte sehr? Paula konnte nur hoffen, dass dieser Vollidiot ihre Tasche nicht erst durchwühlte, um festzustellen, dass es nicht seine war. In ihrer lag zuoberst ein Badetuch, darunter ordentlich wie in einem Wäscheschrank die T-Shirts und Jeans. Hoffentlich lagen die Slipeinlagen und die Unterwäsche etwas tiefer oder an den Seiten versteckt! Und der Teddy? Das Tagebuch?

Paula ächzte vor Verzweiflung und zog den Reißverschluss wieder zu. Wie konnte man diesen blöden Elias auftreiben, ohne dass die gesamte Ferienanlage etwas davon mitkriegte?

Doch Paula hatte sich umsonst Sorgen gemacht. Ein Blick auf Judiths Wecker – die Glückliche hatte schon alle ihre Sachen ausgeräumt und das Bett bezogen! – besagte, dass es schon bald Zeit war, sich zu Haus eins zu begeben, um die gemeinsame Besprechung abzuhalten.

«Das ist *die* Gelegenheit! Das kriegen wir schon diskret hin», murmelte Judith auf der Treppe nach unten, und Paula wunderte sich, was für seltsame Wörter Judith kannte.

Jenny stand unten in der Küche und drehte gelangweilt ihre langen Haare über einen Finger.

«Na?», begrüßte sie Paula und lächelte zufrieden, «trägst du nun Größe XXL? Du Arme wirst dich mit einer Badehose zufrieden geben müssen, die noch nicht einmal Maxie passen würde.»

Keines der Mädchen erwiderte etwas auf diese Gemeinheit. Jenny drehte sich um und stolzierte zur Haustür hinaus.

«Bin 'ne Weile unterwegs», fauchte sie und warf ihre Mähne mit beiden Händen über die Schultern.

Als die Tür ins Schloss fiel, atmeten die Mädchen auf. Sie sahen sich an und grinsten. Keine von ihnen hatte Jenny an das Treffen in Haus eins erinnert. Sollte sie doch bleiben, wo der Pfeffer wuchs!

«Stellt euch vor, wir haben sogar eine Terrassentür in unserem Zimmer! Klasse, nicht?», sagte Maxie strahlend.

Nevin sah nicht ganz so begeistert aus.

«Hoffentlich kann man die auch vernünftig abschließen», sagte sie besorgt.

«Klar kann man das», beruhigte Judith sie. «Unsere Balkontür hat auch ein Schloss. Das brauchen wir auch», fügte sie zwinkernd hinzu, «falls sich Jennys *Gast* mal in der Tür verirrt.»

Gackernd ließen sich die Mädchen auf die Stühle fallen.

«Wer soll denn das sein?», ächzte Maxie schließlich. «Etwa der schöne Piet aus der 7a?»

Wieder lachten alle, denn Piet war alles andere als schön. Er war groß und dünn und hatte ein eckiges, blasses Gesicht mit gelben Strubbelhaaren drüber. Außerdem war er so schüchtern, dass er ständig bis zum Hals rosa anlief.

«Mir wäre Mike schon lieber», verkündete Maxie und bekam leuchtende Augen. «Sagt ehrlich, ist *der* nicht süß?»

«Mike?», sagte Judith gedehnt. «Hast du etwa ein Auge auf den geworfen?»

«*Eins?*», kreischte Maxie. «Warum nur *eins*? Die Navajos nehmen dazu immer *beide*!»

Erleichtert lachte Paula mit. Wenn das mit der Tasche erst einmal geklärt war, dann wurde es bestimmt sehr lustig in Haus fünf. Himmel, die Tasche!

«He, gleich ist es vierzehn Uhr!», rief Paula aufgekratzt. «Auf, auf, zum Taschentausch!»

Hoffentlich ist noch alles drin, dachte sie grimmig und wünschte sich magische Kräfte, die alle Vollidioten zum Mond schießen könnten. Aber ohne Tasche.

Fünf Sterne

Die beiden Klassenlehrer der 7a und 7c, Herr Botteblom und Frau Essigbaum, warteten schon in Haus eins. Herr Botteblom lümmelte sich bereits auf dem Sofa. Alle Schüler mochten ihn, weil er immer gute Laune hatte, nie streng war und sich mit Vornamen anreden ließ, wenn sonst niemand in der Nähe war.

Weil das Wohnzimmer und die kleine Küche nicht ausreichten für so viele Schüler, standen die Terrassentüren auf, und einige Jungen und Mädchen saßen davor auf dem Rasen.

Frau Essigbaum sprach hauptsächlich über die Gesetze im Feriendorf. Manchmal nickte Herr Botteblom ernst oder hob gebieterisch den Zeigefinger und fuchtelte damit in der Luft herum.

«Sag du doch auch mal etwas, Gerhard», meinte Frau Essigbaum schließlich gereizt.

«Wichtig ist, dass ihr uns etwas Gutes kocht, wenn wir uns bei euch einladen», erklärte er und setzte sich dafür sogar aufrecht. «Ihr wisst ja, ich esse am liebsten Forelle blau mit ...»

Sofort brach ein Tumult los, die Schüler brüllten vor Lachen und redeten laut durcheinander. Schließlich sagte

Frau Essigbaum mit erhobener Stimme: «Es kann auch was ganz Normales sein. Ihr habt ja zu Hause die Rezepte ausgesucht und hoffentlich schon einmal ausprobiert, sodass wir keine bösen Überraschungen erleben werden.»

Hier stieß Judith Paula unsanft in die Rippen. «Haben wir nicht!», zischte sie. «Au weia!»

«Macht nichts», flüsterte Paula, «Pfannkuchen kannst du doch im Schlaf!»

«Und was ist mit den Hähnchenkeulen?», fragte Judith beunruhigt.

«Ich bin gespannt, wer die berühmten fünf Sterne erhält!», rief da Herr Botteblom gut gelaunt.

Gespannt schwiegen die Schüler und schauten ihn an. Doch Herr Botteblom beabsichtigte offenbar nicht weiterzusprechen.

«Fünf Sterne? Welches Haus ist es, raus damit. Ich bin die erste Anwärterin für ein Fünf-Sterne-Hotel», sagte Jenny, die sich jetzt über den Rasen her der Terrasse näherte. «Gibt's da auch einen Zimmerservice?»

Dabei reckte sie ihren Oberkörper, dass ihr lachsrotes Top nach oben rutschte und der Bauchnabel gut zu sehen war. Einige Jungen pfiffen leise durch die Zähne. Paula stieß Judith an.

«Wo kommt die denn jetzt erst her?», flüsterte sie.

«Hauptsache mit Minibar», kicherte jemand.

Doch Herr Botteblom blieb erstaunlich ernst und achtete nicht auf Jenny. «Nein, nein, die fünf Sterne müsst ihr euch selbst verdienen! – Gertrud, wofür gibt es die noch?»

Frau Essigbaum hielt leicht genervt fünf Finger in die

Luft. «Eigentlich haben wir das ja schon alles besprochen, aber gut. Noch einmal für alle: Einen Stern für das Ambiente: der gedeckte Tisch, vielleicht ein paar Blumen? Servietten? Lasst euch was einfallen.» Sie knickte einen Finger um. «Einen Stern für den Service: Bedienung, Freundlichkeit, Aufmerksamkeit und so weiter.» Der zweite Finger knickte um.

«Die wollen ja nur die Restaurantkosten sparen», murmelte Maxie. «*Ich* soll die Lehrer bedienen?»

«Der dritte Stern ist für die Mahlzeit selber: Ist es ein vollwertiges Essen und nicht nur Junk Food wie Pommes mit Majo. Also Gemüse, Kartoffeln oder Reis etc. Das haben wir alles in Arbeitslehre besprochen. Der vierte Stern ist für die Zubereitung des Essens: Schmeckt es, ist es gut gewürzt, appetitlich und nicht verkocht.»

Jetzt sprang Herr Botteblom ein: «Der fünfte Stern ist für eine saubere Küche, ein ordentliches Haus mit aufgeräumten Zimmern und einem geputzten Bad.»

Judith und Paula sahen sich an.

Auch Maxie und Nevin stöhnten.

«Uff! Wie gut, dass sie nur einmal kommen,» sagte Paula.

«Hoffentlich kommen sie am vorletzten Tag, dann sparen wir uns den Abschlussputz!», sagte Nevin vorausdenkend.

Da konnten die anderen ihr nur Recht geben. Der offizielle Teil war damit beendet. «Viel Spaß und denkt daran: Abends um zehn, wenn wir unsere Gute-Nacht-Runde drehen, sehen wir uns wieder!», rief Herr Botteblom zwinkernd.

Stöhnend wandten die Schüler sich ihren Freunden zu und verdrehten die Augen.

«Bei uns können Sie ruhig etwas später kommen», flötete Jenny, «wir sind ja schließlich keine Kinder mehr!»

Doch niemand schien sie zu hören, und so drehte sie sich um und ging quer über den Rasen in Richtung See.

«Jetzt!», flüsterte Paula aufgeregt. «Wir müssen was unternehmen, bevor alle weggehen!»

«Wir?», fragte Judith ruhig. «Ich glaube, es gibt noch jemanden, der verzweifelt seine Tasche sucht. Schau mal.»

Damit deutete sie auf einen Jungen, der in der Menge stand und suchend den Kopf hin und her drehte. Langsam näherten sie sich und konnten seine Stimme hören.

«Äh, hat hier jemand, ich meine, hat vielleicht …»

Doch niemand hörte ihm zu. Alle redeten über die fünf Sterne oder wer wann zum See gehen wollte oder welches Haus wann mit dem Essenkochen dran war. Frau Essigbaum hielt einen Beutel in der Hand und ließ Zahlen daraus ziehen. Mit jeder Zahl gab es ein Geheul von Zustimmung oder Ablehnung. Haus fünf war am vorletzten Tag dran.

«*Ja!*», rief Maxie und haute Paula auf die Schulter. «Das hat doch prima geklappt. Jetzt brauchst du nur noch deine Tasche.» Dann reckte sie sich ein wenig höher und rief mit lauter Stimme: «Wer zum Teufel hat Paulas Tasche mitgenommen?!»

Der Junge drehte sich um. Es war Elias. Er sah zu Paula rüber und bekam sofort einen roten Kopf. Doch dann schien er sich zu fangen und kam auf Paula zu.

«Ey», knurrte er und stieß mit einem Fuß kleine Steinchen über den Weg, «wieso sieht deine Tasche denn genauso aus wie meine?»

«Genau das wollten wir dich auch gerade fragen», sagte Maxie.

Paula fand, dass sie das eigentlich selbst hätte sagen können, doch aus irgendeinem Grund blieben ihr die Worte im Hals stecken.

Da schob sich Fynn dazwischen.

«Moment. Kann ja jeder behaupten», sagte Elias' bester Freund, «welche Farbe hat deine Tasche? Wie sieht dein Badetuch aus?»

O nein! Sie haben sie also ausgepackt, stöhnte Paula innerlich.

«Haha», warf Judith nun ein, «die Farbe ist ja klar. Die gleiche wie die von Elias natürlich!»

Schnell warf Paula einen Blick auf Elias, der gerade anfing zu grinsen und Fynn in die Rippen stieß. Nein! Sie haben mein Tagebuch, meinen BH, meine Einlagen rumgeworfen, schrie es in ihr, und schon hörte sie sich erstaunlich ruhig sagen: «Es ist ein großer Flamingo drauf. Kann ich meinen Kram jetzt haben?»

«Klar», nickte Elias und wies mit dem Kopf über die linke Schulter. «Gehen wir.»

Die Jungen gingen vor, Judith und Paula, Maxie und Nevin hinterher.

Im Haus von Elias und Fynn sah es ganz anders aus als bei den Mädchen. Im Wohnzimmer lagen überall Sachen herum, Taschen, Klamotten, Geschirrtücher, Berge von Chipstüten und Popcorn und Limoflaschen.

«Ist das euer Mittagessen?», fragte Maxie und wies auf die Chips.

«Nee, unser Frühstück», meinte Fynn und lümmelte sich in einen Sessel.

«Kochen ist was für Weiber» sagte Elias knapp.

«Aha, putzen und waschen wahrscheinlich auch», meinte Maxie kampfeslustig.

«Genau. Dass Weiber so schlau sein können …», grinste Fynn und schaukelte mit den Beinen.

Dann zeigte er auf das Sofa. «Da ist sie.»

Langsam ging Paula zu ihrer Tasche. Sie war geschlossen und sah genauso aus wie die Tasche, die in ihrem Zimmer stand. Vorsichtig zog sie am Reißverschluss. Obendrauf lag das Flamingo-Badetuch, ein wenig unbeholfen zusammengelegt. Paulas Herz klopfte. Hatten sie alles durchgewühlt? Hatten sie sich auf ihre Kosten lustig gemacht? Vorsichtig hob sie das Badetuch. Darunter lagen, ordentlich wie in einem Wäscheschrank, Jeans und T-Shirts. Alles in Ordnung. Offenbar war nichts Peinliches geschehen.

«Ja, das ist sie», murmelte Paula erleichtert und schaute kurz zu Elias rüber, der inzwischen an der Terrassentür lehnte. Ihre Augen begegneten seinen, einen Herzschlag lang schienen sie in seinen zu versinken. Schnell blickte sie weg.

«Na super», sagte Fynn, «wenn du seine herbringst, kannst du deine haben. Ware gegen Ware, so macht man das.»

«Ha!», rief Judith. «Die schwere Tasche? Ich denke, die holt ihr lieber selber ab, sonst fehlt am Ende noch was!»

Elias grinste und schwieg und nahm einen langen Schluck aus der Limoflasche, während Fynn sich gespielt aufregte, wie indiskret Weiber doch sind.

«Männer tragen für die Frauen!», entschied Maxie und wies auf die Tasche. «Uns nach! Das ist bei den Navajos auch so!»

«Ich dachte», kicherte Elias, «die Frauen bei denen tragen immer alles auf dem Kopf.»

«Vielleicht ist das so in Afrika», belehrte Maxie ihn, «die Navajos leben in Amerika, und deren Frauen lassen sich nicht ausbeuten, niemals!»

«*Hugh!*», machte Fynn ernst und legte seine Hand auf die Brust.

Elias machte es ihm nach und prustete offen los.

«Sehr komisch», murmelte Maxie verärgert und ging.

Auf dem Weg zu ihrem Haus verabschiedeten sich Maxie und Nevin und gingen zum Supermarkt. Ob Elias und Fynn wohl zum See gehen, wenn diese Taschensache beendet ist?, überlegte Paula. Plötzlich wünschte sie sich nichts sehnlicher, als am See zu liegen und Elias zuzuschauen, wie er … ja, wie er was? Bevor sich Paula klar darüber werden konnte, waren sie schon angekommen.

Die beiden Jungen mussten unten im Flur warten, beschlossen Paula und Judith. Das wäre ja noch schöner, wenn die einfach in ihr Privatzimmer eindrangen. Also wuchteten sie die schwere Tasche die Treppe runter, und dabei schepperte es verdächtig. Offenbar hatten sie die Socken und Unterhosen doch nicht so kunstvoll als Puffer gesteckt, wie es vorher gewesen war.

Beim ersten Flaschenscheppern sprangen die beiden

Jungs wie elektrisiert die Stufen hoch. «Lasst mal ruhig, die ist ja viel zu schwer für euch!», rief Elias und zwinkerte Fynn zu.

«Genau so ist es, Kumpel!», rief der zurück.

«Das gibt Revanche!», sagte Judith. «Eine Flasche für jede von uns. Heute Abend um acht.»

Überrascht sah Paula ihre Freundin an. So schnell konnte man Verabredungen treffen? Schon heute Abend?

Auch Elias und Fynn schienen etwas überrascht. Doch sie sahen sich kurz an und sagten: «Okay. Um acht. Und wo?»

Ohne zu zögern antwortete Judith: «Haus Nummer neun, da steigt heute 'ne Party. Und nicht vergessen: acht Uhr.»

«Warum hast du denn eine falsche Hausnummer gesagt?», fragte Paula, als die Jungen über den Plattenweg fortgingen.

«Nur so», sagte Judith leichthin, «das wird sicher lustig. Natürlich werden wir auch da sein um acht.»

«Wo?»

«Bei Haus neun.»

«Bei Haus neun? Wer wohnt denn da? Und was sollen wir da?»

«Keine Ahnung», lachte Judith, «aber auf jeden Fall lassen wir uns das nicht entgehen, klar?»

Paula schwieg. Offenbar hatte Judith eine Idee. Doch Paula hatte keine Lust, genauer zu fragen, wie Judith sich das vorstellte. Im Grunde war es ihr auch recht, die Jungen ein bisschen zu ärgern. Und sie würde Elias wiedersehen, heute Abend schon!

Jetzt jedoch wollte sie sich erst einmal um sich selbst kümmern, die Sachen auspacken, das Bett beziehen. Sie öffnete ihre Tasche und packte die Wäsche in den Schrank. Offenbar war alles unberührt geblieben. Danke, Elias!, dachte Paula und spürte noch einmal mit einem Prickeln seinen Blick. Beschwingt trug sie den Kulturbeutel und die Handtücher ins Bad gegenüber. Wo sie schon einmal hier war, schloss sie schnell die Tür ab und setzte sich auf die Toilette. Ein kurzer Blick sagte ihr, dass alles normal geblieben war. Kein Fleck auf der Einlage. Entschlossen riss Paula das Zeug raus, wickelte es sorgfältig in Toilettenpapier ein und warf es in den kleinen Eimer neben dem Klo. Eine Wohltat, endlich ohne dieses Plastik in der Hose!

Ihre Vorräte wollte Paula zunächst im Schrank lassen. Falls es wirklich passieren sollte, konnte sie die Einlagen ja immer noch mit ins Bad nehmen, ohne dass gleich der Rest der Welt etwas mitkriegte. Zufrieden zog sie ihren Badeanzug an, Jeans und T-Shirt drüber, und lief runter ins Wohnzimmer, wo Judith auf dem Sofa saß und an ihrem Handy rumdrückte.

«Wie?», fragte Paula entgeistert. «Rufst du echt schon zu Hause an?»

«Bin ich blöd?», grinste Judith zurück. «Ich stell das blöde Ding aus und geh endlich schwimmen. Kommst du mit?»

Eine Hütte für sich

Das Wetter war herrlich. Die Sonne verschwand nur ab und an hinter kleinen Wolken, ein frischer, sanfter Wind strich übers Wasser, sodass kleine Wellen ans Ufer platschten und sich im Sand verliefen.

Sommer war die beste Jahreszeit, fand Paula. Sie streckte sich in ihrem neuen Badeanzug, warf Handtuch und Sonnenöl ins Gras und lief ins Wasser. Scharf sog sie die Luft ein. War das kalt! Doch sobald sie einige Züge geschwommen war, wurde es angenehm.

Auch Judith prustete beim Hineingehen, rannte dann und warf sich klatschend nach vorn. Eine Weile schwammen die beiden nebeneinanderher. In der Ferne, hinter der Absperrung des Schwimmerteils, flitzen Surfbretter übers Wasser. Die bunten Segel glitten durch die Luft wie große Flügel.

Paula drehte sich auf den Rücken und blinzelte in den Himmel. Wie schön es hier war! Richtig leicht fühlte sie sich. Leicht und irgendwie stark. Wie um sich dies zu beweisen, strampelte sie mit den Beinen, dann warf sie sich wieder herum und kraulte auf die kleine Schwimminsel zu.

Paula und Judith lagen in der Sonne, reckten sich

wohlig in der Wärme und hofften darauf, eine Spur brauner zu werden. Zufrieden döste Paula vor sich hin und blinzelte immer wieder einmal in die Sonne, über den Rasen, zu den Grüppchen von Mädchen und Jungen. Plötzlich durchfuhr sie ein sanfter Schreck, und sie setzte sich auf. Da waren sie! Sie spielten mit einem kleinen Ball und näherten sich springend und kickend. Mit jedem Sprung tat Paulas Herz einen kleinen Satz. Sie holte tief Luft, schaute in die Wolken und hoffte, die beiden würden noch ein wenig näher kommen.

Judith stieß Paula an. «Siehst du, was ich sehe?», fragte sie.

Paula reckte den Hals.

«Was?», fragte sie scheinheilig. Sie wollte auf keinen Fall, dass Judith etwas merkte.

«Da!»

Judith wies mit dem Kopf auf Elias und Fynn.

«Ja? Tatsächlich! Da sind sie ja wieder», sagte Paula lahm.

«Nein. Dahinter»› sagte Judith ungeduldig.

Tatsächlich. Weiter hinten saß Jenny auf ihrem Handtuch und schaute den beiden Jungen aufmerksam zu. Dann lachte sie aufreizend und klatschte geziert in die Hände. Elias ließ den kleinen Ball den Nacken hinunterrollen, fing ihn mit der Ferse auf und warf ihn Fynn auf die Schulter. Dort glitt der Ball wie an einer Schnur gezogen den Arm herab und fiel geradewegs in die rückwärts aufgehaltene Hand.

«Angeber!», sagte Judith verächtlich. «Welcher wird es sein, was meinst du?»

Paula starrte zu Jenny hinüber.

Irgendetwas an Jenny faszinierte sie. War es die Art, wie sie ihre Haare warf? Wie sie die Beine kreuzte? Irgendwie wirkte sie so *erwachsen*. So *erfahren*. Und merkwürdigerweise zugleich so künstlich.

Bestimmt hat sie schon seit Jahren ihre Tage, dachte Paula und fühlte sich elend bei dem Gedanken. Im Sportunterricht saß Jenny manchmal auf der Bank. Und neulich hatte sie in der Klasse einen Tampon aus ihrem Rucksack fallen lassen, der rollte bis nach vorne vors Lehrerpult. Jeder hatte ihn gesehen, nur Herr Botteblom nicht. Und jeder fing an zu tuscheln und zu lachen, bis schließlich Jenny aufstand, sich lässig bückte und murmelte: «Hoppla. War keine Absicht.»

Fehlt nur noch, dachte Paula finster, dass Jenny in unserem Haus mit Kondomen um sich wirft. Warum nur hatten nicht Maxie und Nevin das Zimmer neben ihnen?

«He! Träumst du? Welcher von beiden wird ihr *Gast* sein?», wiederholte Judith ungeduldig.

«Äh, keine Ahnung», murmelte Paula. Das sollte Jenny nur wagen, die beiden anzubaggern! Dann ... ja, was dann? Gegen die kam sie nicht an, so viel stand fest.

Gerade wollte Paula sich von diesem irritierenden Anblick abwenden, da sah sie aus den Augenwinkeln, dass sich jemand anderes Jenny näherte. Elias und Fynn fingen ihren Ball und rannten zum Wasser.

Paula drückte Judiths Arm.

«Schau», flüsterte sie. «Kennst du den?»

Auch Judith starrte zu Jenny hinüber. Dann schüttelte sie den Kopf.

«Der ist nicht von uns», sagte sie langsam.

«Das weiß ich auch, dass der nicht in unsere Schule geht! Guck mal, der ist doch bestimmt achtzehn!»

«Oder zwanzig», murmelte Judith. «Was geht da vor?»

Der Fremde hatte sich zu Jenny aufs Handtuch gesetzt, legte den Arm um sie und drückte einen Kuss auf ihr Haar. Dann warf er sich zurück ins Gras, streckte die muskulösen, braun gebrannten Beine weit von sich und griff nach Jennys Arm, um sie zu sich ins Gras zu ziehen. Doch Jenny blieb sitzen und lachte nervös.

«Der geht aber ran», flüsterte Judith. «Woher kennt sie den denn? Und was soll das alles? Sind wir hier auf einer Klassenfahrt oder auf einem Ball der einsamen Herzen?»

Paula schluckte. Eigentlich war es ihr nur recht, dass Jenny sich gar nicht für Elias interessierte. Doch irgendwie war ihr diese Szene auch unheimlich.

«Ich glaub», stieß sie hervor, «wir kriegen noch jede Menge Stress diese Woche. Am besten, wir ziehen um!»

«Wieso das denn?», fragte Judith empört. «Du meinst doch wohl nicht, dass dieser Mister Braungebrannt in unsere Bude kommt!»

Paula zuckte mit den Schultern.

«Nur über meine Leiche!», verkündete Judith so laut, dass Jenny kurz den Kopf zu ihnen drehte. Doch schon griff ein starker Arm nach ihren Haaren, und Jenny wendete sich wieder ihrem Mister Braungebrannt zu.

«O nein, das ist zu viel», stöhnte Paula und stand auf. «Komm, lass uns gehen, okay?»

«Wir könnten zum Kiosk», schlug Judith vor, sprang auf und zog sich T-Shirt und Jeans über.

Der Kiosk war eine gute Idee. Dankbar erhob sich Paula. Ihr war gerade nach einem megagroßen Eis mit Sahne.

Den Rest des Nachmittags verbrachten Paula und Judith auf der Terrasse und beobachteten das Leben rundherum. Viel war nicht gerade los. Ein paar Kinder tobten zwischen den Wegen, hin und wieder kamen welche aus der Parallelklasse oder der eigenen Klasse vorbei und winkten.

Dann rief Maxie aus der Küche nach Hilfe. Paula sprang auf, froh über die Abwechslung, und bereitete den Schokopudding zu. Sogar eine Vanillesoße rührte sie an, während Nevin mit den überkochenden Spaghetti kämpfte.

«Weiß Jenny eigentlich, dass es um sechs Essen gibt?», fragte Maxie.

Keine wusste es.

«Vielleicht sollten wir unsere Trommeln rausholen und ihr eine Nachricht trommeln», meinte Paula. «Die Navajos trommeln schließlich auch immer, wenn's Essen gibt, oder, Maxie?»

Maxie verzog beleidigt den Mund und schwieg.

Nevin sprang ihr bei.

«Das ist nicht nett», sagte sie vorwurfsvoll, «dass ihr Maxie ärgert, nur weil sie so viel über die Indianer weiß. Ich zum Beispiel finde es immer spannend, wenn Maxie etwas über die Navajos erzählt.»

«Ich finde es auch spannend», grinste Judith. «Erzähl doch mal: Was machen die Navajos, wenn unangemeldeter Besuch kommt?»

Maxie reagierte nicht. Stumm trug sie die Teller auf die Terrasse und stellte sie klirrend auf den Tisch.

«Ja, das ist sehr spannend», fuhr Judith fort. «Was machen die Navajos, wenn in einem Haus, o Verzeihung, Zelt voller Frauen, unangemeldeter Besuch kommt?»

Maxie knallte das Besteck auf den Tisch.

«Es gibt keine Zelte nur mit Frauen», sagte sie grimmig. «Mit einer Ausnahme. Aber das meint ihr ja wohl kaum.»

«Rote Feder spricht in Rätseln», kicherte Judith.

Paula horchte auf. Schnell brachte sie die Vanillesoße in den Kühlschrank und gesellte sich zu den anderen auf die Terrasse. Irgendetwas an Maxies Ernsthaftigkeit weckte ihr Interesse.

«Spaß beiseite», sagte sie versöhnlich, «was für eine Ausnahme gibt es bei denen?»

Maxie warf ihr einen prüfenden Blick zu. Sie schien kurz zu überlegen, dann sagte sie bereitwillig: «Na gut. Bei den Navajos ist das so.»

Selbst Nevin grinste verstohlen.

«Es gibt Zelte, die sind nur für junge Mädchen. So genannte Menarche-Zelte.»

«*Arche* was?», fragte Judith dazwischen.

Paula warf ihr einen bösen Blick zu.

«*Menarche.* Nie gehört? Du meine Güte!», seufzte Maxie und setzte sich auf die Tischkante. «Also: Menarche ist, wenn Mädchen zum ersten Mal ihre Periode bekommen. Ihre Tage. Schon mal davon gehört?»

Judith wollte protestieren, doch Paula formte mit den Lippen «Sei still!» und sagte aufmunternd zu Maxie: «Jaha?»

«Die Mädchen gehen für vier Tage in dieses spezielle Zelt. Bei den Navajos ist das eben was Besonderes, die Tage zu kriegen», sagte Maxie abschließend.

«Na hör mal, bei uns etwa nicht?» Judith konnte sich nicht zurückhalten.

Paula schwieg. Was Besonderes?

«Hast du schon mal erlebt, dass bei uns gefeiert wird, wenn man die Tage kriegt?», fragte Maxie.

Judith zuckte mit den Schultern. «Gefeiert vielleicht nicht, aber …»

«Meine Mutter hat erzählt, dass es Völker gibt, die das auf ganz bestimmte Weise feiern. Manchmal leider auch auf sehr brutale Weise, aber bei den Navajos ...»

«… ist das gaaanz anders!», ergänzte Judith.

«Stimmt», meinte Maxie ruhig, «die Navajos sehen das nicht als eine unreine Zeit oder so. Die gönnen den Mädchen Ruhe und Gespräche unter sich. Sie können dösen und träumen, brauchen nichts zu arbeiten und kriegen Besuch.»

«Ach ja? Unangemeldeten?»

Maxie ignorierte Judiths Einwurf. «Es sind weise Frauen», fuhr sie fort, «die den Mädchen alles erklären, was man als Frau wissen muss. Über den Körper und so. Schwangerschaft und Geburt. Jaja, auch über Sex.» Sie lachte und nickte Judith zu.

Paula stand ganz still.

Die Navajo-Mädchen haben es gut, dachte sie. Die haben eine Hütte für sich, und die müssen nicht auf Klassenfahrt, wenn es gerade passiert. Passieren *könnte*, verbesserte sie sich in Gedanken.

Die Mädchen schwiegen.

Dann sagte Nevin nachdenklich: «Bei uns in der Türkei wird das auch nicht gerade gefeiert, wenn man die Tage bekommt. Aber in der Fastenzeit Ramadan braucht ein Mädchen nicht zu fasten, wenn es seine Tage hat. Eine Frau auch nicht. Die Angehörigen fragen: Was, du fastest nicht? Dann sagt man: Nein, ich brauche nicht zu fasten, und alle wissen Bescheid.»

«Überhaupt!» Judith fiel etwas ein. «Ist nicht jetzt Ramadan?»

Nevin nickte.

«Und? Fastest du nicht? Wir werden schließlich noch vor Sonnenuntergang essen.»

Da senkte Nevin den Kopf und wurde rot.

«Nein», sagte sie leise und lächelte dann fein, «ich brauche nicht zu fasten.»

Da brachen die Mädchen in ausgelassenes Gelächter aus.

Am lautesten lachte Paula.

«Bei den Navajos ist das aber anders!», brüllte Maxie und warf sich auf einen Stuhl.

«Gaaanz anders!», kreischten Nevin und Judith.

Dann wurde Paula wieder ernst. Sie sah Nevin an und fragte angespannt: «Zum ersten Mal?»

Da lachte Nevin wieder und schüttelte den Kopf. «Nein, keineswegs! Ich schlag mich damit schon bald zwei Jahre herum!»

Und ich warte auf die Tage, wollte Paula sagen, doch sie schwieg und fing nur einen langen Blick von Judith auf.

Haus Nummer neun

Das Essen auf der Terrasse machte Paula großen Spaß.

Es war schön, draußen zu sitzen, Spaghetti mit Tomaten-Käse-Soße zu essen und zusammen zu reden und zu lachen. Und es wurde viel gelacht.

Zunächst lachten sie über Elias und Fynn, in deren Haushaltskasse schon morgen Ebbe sein würde bei dem Verbrauch an Luxusgütern. Dann lachten sie über die Vorstellung, dass die Jungen Hunger leiden würden und die Navajos ihnen Schalen mit Essen vor ihre Hütte gestellt hätten.

Dann lachten sie über Mister Braungebrannt, den Judith treffend nachahmte, indem sie ihren Arm um Paulas Schulter legte und Paula halb unter den Tisch zog. Schließlich lachten sie über Paulas Witz von dem kleinen Jungen, der sich o.b.s wünschte, weil man damit reiten, schwimmen und Tennis spielen kann.

Maxie kreischte am lautesten, und Judith haute auf den Tisch, dass die leeren Teller darauf herumsprangen. Selbst Nevin kicherte ausgelassen.

Dann trugen sie das Geschirr und die Töpfe mit den Resten in die Küche.

«Wann Jenny wohl kommt?», überlegte Paula.

«Um zehn muss sie hier sein, sonst gibt es Ärger», meinte Nevin.

Um zehn wollten die Lehrer ihre Runde durch die Häuser machen, danach war Ausgangssperre.

Die Mädchen machten sich über den Abwasch her. Die restlichen Spaghetti stellten sie in den Kühlschrank. Vielleicht hatte Jenny nachher Hunger, wenn sie kam.

Doch sie kam nicht.

Schließlich war es kurz vor acht Uhr, und Judith und Paula machten sich bereit für einen kleinen Spaziergang zu Haus Nummer neun.

«Wollt ihr mitkommen?», lud Paula Maxie und Nevin ein.

Doch die wollten endlich zum See gehen, und Maxie nahm sogar ihr Handtuch mit, falls das Wasser noch warm genug war. Nevin wollte am Strand sitzen, schließlich konnte sie nicht schwimmen gehen. Bei dem Gedanken lachten die Mädchen wieder, und Paula schlug vor, dass Nevin sich auch einmal o.b.s wünschen müsste.

Dann schlossen sie die Haustür ab und verstauten ihre Schlüssel, die sie jeweils zu zweit bekommen hatten, sorgfältig in ihren Taschen.

Haus Nummer neun befand sich weiter hinten auf der anderen Seite der kleinen Straße. Paula und Judith trödelten unauffällig daran vorbei. In ein paar Minuten mussten Elias und Fynn auftauchen. Die Mädchen wollten ein paar Meter entfernt hinter den Büschen lauern.

«Ob die kommen?», zweifelte Paula.

«Klar», meinte Judith, doch sehr überzeugt klang das nicht. Ihre Uhr zeigte schon fünf nach acht.

«Klar», sagte Judith noch einmal, «die sind doch nie pünktlich!»

Paula starrte auf die Haustür.

Wer da wohl wohnte. Nichts an dem Haus gab einen Hinweis auf die Bewohner. Im Gegenteil. Es sah genauso aus wie die anderen Häuser auch. Noch nicht einmal ein Badetuch hing auf der Leine.

«Wollen wir mal einen Blick auf die Terrasse werfen?», flüsterte Paula.

Judith nickte bereitwillig. Schnell liefen sie zurück zum Plattenweg und schlugen einen größeren Bogen zum nächsten Haus, von wo aus sie einen Teil der Terrasse einsehen konnten.

Niemand saß draußen. Aber auf dem Tisch standen zwei Flaschen, Aschenbecher und zwei Gläser.

«Keine Gruppe aus unserer Schule», flüsterte Judith. «Die trinken und rauchen nicht so öffentlich. Und eine Familie mit kleinen Kindern auch nicht. Also zurück zu unserem Standort.»

Gerade rechtzeitig! Elias und Fynn trotteten den Plattenweg entlang. Und – Judiths Hand krallte sich in Paulas Arm – jeder trug eine prall gefüllte Plastiktüte.

«Was haben die denn da drin?», flüsterte Judith begeistert.

«Popcorn», meinte Paula. «Und hoffentlich ein paar Tüten Chips und Limo. Das ist ja wohl das Mindeste!»

Sie duckten sich hinter die Büsche am Wegrand und verfolgten, wie Elias und Fynn sich dem Haus Nummer neun näherten. Vor der Haustür blieben sie stehen. Sie zögerten.

Paula strengte sich an, doch sie konnte nicht verstehen, was die beiden redeten. Schließlich übergab Elias seine Plastiktüte an Fynn und klingelte. Fynn trat ein wenig zurück und versteckte die Taschen hinter dem Rücken.

Nichts geschah.

«Schade», murmelte Judith. «Keiner da. Fehlanzeige.»

Paula reckte den Hals.

Da sah sie, dass die Tür einen Spalt breit geöffnet wurde. Elias machte einen Schritt vor und sprach mit jemandem, der drinnen stand. Dann machte er plötzlich zwei Schritte zurück und stolperte fast über Fynn, der hinter ihm stand.

«Wir wollen zu Paula und Judith! Ehrlich!», hörten sie Fynn rufen.

«Kannst du was sehen?», zischte Judith und stand auf.

Paula schüttelte den Kopf und erhob sich.

Plötzlich hörten sie eine Stimme, die sie genau kannten.

«Ich weiß, wo Paula und Judith wohnen», sagte diese Stimme langsam und laut. Jenny. Sie machte ein paar unsichere Schritte auf Elias zu. Kaum hatte sie ihn erreicht, fiel sie ihm um den Hals. Mit einem Knall flog die Haustür hinter ihr zu.

«Diese Ziege! Na warte!», rief Paula wütend.

Doch Judith hielt sie zurück.

«Halt mal! Da stimmt was nicht!», flüsterte sie eindringlich. «Schau mal. Die ist sturzbesoffen!»

Paula hielt inne.

Tatsächlich. Elias hatte alle Mühe, Jenny festzuhalten. Fynn hielt die Plastiktüten in den Händen und schaute hilflos zu.

«O Mann, ist das krass», murmelte Paula.

Dann sprangen beide hinter den Büschen hervor und rannten zu Haus Nummer neun.

Elias und Fynn nahmen Jenny zwischen sich, die Mädchen trugen die Plastiktüten und gingen voraus, zurück zu Haus Nummer fünf.

Als sie Jenny aufs Sofa bugsiert hatten, standen sie einen Moment außer Atem da und sahen sich an.

«Diese Schweine!», stieß Fynn schließlich hervor. «Man sollte da noch einmal hingehen und denen die Meinung sagen.»

«Besser nicht», meinte Elias. «Hast du die Muskeln von dem Typ an der Tür gesehen?»

Judith stieß Paula an. Mister Braungebrannt, kein Zweifel.

Jenny lallte etwas, erhob sich schwankend und ging in die Küche. Dort beugte sie sich über die Spüle und erbrach sich kurzerhand.

«Hey, Jenny!», rief Paula und ging zu ihr. «Was haben die mit dir gemacht?»

Sie ließ Wasser ins Becken laufen.

«Die? Wer?», fragte Jenny und hielt sich an der Spüle fest. «Wir haben nur etwas – hicks – getrunken, das war alles.»

«Nur etwas getrunken!», wiederholte Judith grimmig. «Betrunken haben sie dich gemacht. Lässt du dich eigentlich mit jedem ein?»

Doch Jenny hatte sie nicht gehört. Sie wankte zurück zum Sofa und streckte sich darauf aus.

«Nur ein bisschen ausruhen», murmelte sie und

schloss die Augen. Keine zwei Sekunden später schien sie tief und fest zu schlafen.

Vorsichtig stopfte Paula ein kleines Kissen unter Jennys Kopf.

«Nicht nötig», sagte Jenny plötzlich und schlug die Augen wieder auf.

Fast fühlte Paula sich ertappt. Doch wobei? Bevor sie eine Antwort fand, klappten Jennys Augen wieder zu, und ein leises Schnarchen war zu hören.

Jungen, Chips und Lehrerstress

Nachdem sie sich vergewissert hatten, dass Jenny ruhig atmete, machten sie es sich draußen gemütlich.

Teelichter brannten, gefüllte Gläser mit Limo und Apfelsaft standen auf dem Tisch, das Bier hatten die beiden Jungs wohl vorsichtshalber nicht mitgebracht, dafür gab es Popcorn und andere leckere Knabbereien.

Schwieriger war es mit der Unterhaltung. Ein bisschen mühsam holperte sie dahin, und Paula fühlte sich unbehaglich. Was redet man mit Jungen, die in die Parallelklasse gehen und die man ganz nett findet?

Sie sprachen über die Häuser, über den See, das Surfen und die Lehrer. Dann kehrten zum Glück Nevin und Maxie vom See zurück, und alle bemühten sich, ihnen die ganze Geschichte von Jenny und dem Haus Nummer neun haarklein zu erzählen.

Maxie warf einen Blick auf Jenny und sagte mit Kennermiene: «Klarer Fall von Vollrausch. Bei den Navajos ist das …»

Schon kreischten und prusteten die anderen los, und das Eis war gebrochen.

Irgendwann fragte Elias: «Ist es immer so lustig bei euch?»

Die Mädchen antworteten mit einem gedehnten «Jahaaa!» und warfen sich viel sagende Blicke zu.

Der Himmel verfärbte sich leuchtend grün und blau, und dann senkte sich die Dämmerung herab. Paula blickte in die Ferne und fühlte sich so weit und frei wie der Himmel selber. Wie schön war es hier.

Hin und wieder schaute sie flüchtig zu Elias rüber, und wie zufällig fing er jedes Mal ihren Blick auf und schaute für ein paar Sekunden zurück – Sekunden, in denen Paulas Herz zu flattern anfing. Und gerade als Elias die Geschichte von Botteblom erzählen wollte, wie seine Klasse ihn überredet hatte, mit ihnen Brüderschaft zu trinken, und zwar im Chemieraum, da klingelte es.

Und es klingelte gleich darauf noch einmal.

Die Mädchen sprangen auf.

Die Lehrer! War es schon zehn Uhr?

Auch die beiden Jungen sprangen auf, und ein Blick auf die Armbanduhr sagte ihnen, dass es schon nach halb elf war. Ausgangssperre.

Maxie reagierte als Erste. «Sie dürfen euch nicht erwischen! Schnell nach oben auf den Balkon!»

«Ja genau!», flüsterte Paula aufgeregt. «Kommt mit, ich zeig's euch.»

Das war eigentlich nicht nötig, denn alle Häuser waren gleich. Aber daran dachte Paula jetzt gar nicht. Sie hoffte nur, dass Elias keinen Ärger bekam. Und Fynn natürlich auch nicht.

Leise schlichen sie die Treppe hoch. Paula ließ die Jungen in ihr Zimmer und von dort auf den Balkon. In dem Moment öffnete Judith unten die Haustür.

Herr Botteblom und Frau Essigbaum standen draußen.

«Hallo! Wir wollten mal nach euch schauen und gute Nacht sagen!», rief Herr Botteblom munter. «Wir sind zwar etwas später als angekündigt, aber das macht euch sicher nichts, oder?»

Und schon war er in der Küche. Frau Essigbaum streifte ordentlich ihre Schuhe ab und ging ihm nach.

«Kommen Sie rein», sagte Judith etwas verspätet und machte wilde Zeichen nach oben.

Paula stand oben in dem kleinen Flur und hielt die Luft an. Was meinte Judith? Ob die beiden jetzt auch alle Zimmer inspizieren wollten? Angestrengt horchte sie, was unten geschah. Doch außer gedämpftem Gemurmel konnte sie nichts hören.

Schließlich fiel Paula etwas ein. Sie schlich in Jennys Zimmer und öffnete vorsichtig deren Balkontür.

«Pst! Ich bin's», flüsterte sie und beugte sich durch den Spalt. «Falls die Lehrer hochkommen, versteckt euch so, dass sie euch nicht gleich vor der Balkontür hocken sehen. Zur Not könnt ihr ja in dieses Zimmer schleichen, okay?»

Fynn knurrte eine Antwort und blieb an der Mauer knien. Elias schob den Kopf vor und schaute um die Ecke in Jennys Zimmer.

«Meinst du, wir dürfen hier rein?», flüsterte er. Er stand auf und kam auf Paula zu.

Paula spürte das Blut in ihren Wangen brennen. «Klar», sagte sie heiser und trat zurück, dass Elias an ihr vorbei ins Zimmer sehen konnte. «Ich geh jetzt mal nach unten.»

Elias nickte, und beim Umdrehen spürte Paula, wie seine Hand ihren Arm streifte. Nur kurz und sacht, fast als wäre es keine Berührung. Doch der Arm brannte wie Feuer, als sie die Treppe hinunterlief und zu den anderen auf die Terrasse trat.

Frau Essigbaum und Herr Botteblom hatten sich zu Nevin und Maxie an den Tisch gesetzt. Gerade brachte Judith frische Gläser und goss den beiden Limo ein.

Offensichtlich hatten sie eben über Jenny gesprochen, denn Judith sagte gerade: «Sie ist den ganzen Nachmittag geschwommen. Die ist total müde!»

«Genau!», ergänzte Maxie eifrig. «Noch nicht einmal unsere Super-Spaghetti hat sie gegessen. Sie hat sich gleich hingelegt. So viel geschwommen bin ich noch nie, hat sie gesagt, und weg war sie!»

Paula hielt den Atem an. Alle wussten, dass man sofort nach Hause geschickt wurde, wenn man beim Trinken von Alkohol erwischt wurde. Oder beim Rauchen.

Jetzt meldete sich Frau Essigbaum zu Wort, und allem Anschein nach hatte sie ihre Zweifel. «Ich weiß nicht … Meinst du, sie ist in Ordnung, Gerhard?»

War das ein Codewort? Paula fand, dass Frau Essigbaum die Worte so komisch betonte.

Doch Gerhard Botteblom fand das anscheinend nicht so dramatisch. Oder er hatte den Code vergessen. Er ruderte mit dem Arm in der Luft und nahm sich zwei Hände voll Popcorn. Kauend nuschelte er «Ja klar» vor sich hin, und Frau Essigbaum schüttelte unwillig den Kopf.

Paula setzte sich, und das Gespräch ging hin und her. Zunächst wollten die Lehrer wissen, was ihre Schüler den Tag über gemacht hatten, dann erzählten sie von dem geplanten Ausflug ins Watt am nächsten Tag und dass sie erwarteten, dass alle daran teilnahmen. Schließlich erhoben sich beide und meinten, sie wollten nur noch einen kurzen Blick in die Zimmer werfen und dann schnell den Rest der Runde abklappern.

Paula warf Judith einen verzweifelten Blick zu. Konnte ihr nicht etwas einfallen, das die beiden davon abhielt, nach oben zu gehen?

Doch Herr Botteblom turnte schon die Treppe hoch und riss die Badezimmertür auf. Schnell rannte Paula ihm nach und stellte sich in ihre Zimmertür.

«Hier wohnen Judith und ich», sagte sie laut und machte kurz das Licht an und schnell wieder aus.

Frau Essigbaum warf einen Blick hinein. «Schon die Betten gemacht?», fragte sie wohlwollend und öffnete dann Jennys Tür.

Paula hielt die Luft an.

«Hier gibt es noch einiges zu tun, wie ich sehe», murmelte sie und wollte zum Bett gehen und die darauf geworfene Bettwäsche hochnehmen.

Doch Paula sprang vor und rief: «Och, das brauchen Sie nicht! Das ... das machen wir!»

Und schon war sie am Lichtschalter und löschte das Licht. Schemenhaft sah sie, dass eine Gestalt vor der Glasscheibe sich bewegte. Überrascht sah Frau Essigbaum Paula an. Sie sagte nichts und trat wieder hinaus auf den Flur.

Inzwischen saß Jenny unten auf dem Sofa und hielt einen Teller voller Spaghetti in den Händen.

«Besteck gibt's hier nicht, oder? So ein Saftladen»,

schimpfte sie und begann, die Nudeln mit den Fingern zu essen.

Maxie rannte und holte eine Gabel.

«Zimmerservice!», flötete sie und hielt sie Jenny mit einem kleinen Knicks hin.

«Schön, dass du wieder auf den Beinen bist», sagte Herr Botteblom gerade.

«Wir sehen uns morgen früh! Pünktlich um zehn!», verkündete Frau Essigbaum, warf jeder einzelnen Schülerin einen strengen Blick zu und tippte Botteblom auf die Schulter.

Die Mädchen begleiteten die Lehrer zur Haustür.

«Gute Nacht!», riefen sie, schauten den beiden nach und atmeten erleichtert auf.

«Puh!», machte Maxie.

«Stimmt», pflichtete Judith ihr bei.

In der Dunkelheit hörten sie die Stimmen ihrer Lehrer.

«Natürlich ist sie in Ordnung», sagte seine Stimme beruhigend.

«Na, ich hab da so ein Gefühl», erwiderte ihre Stimme.

Dann verschwanden sie hinter den Bäumen.

Schnell lief Paula wieder nach oben. Jennys Zimmer war leer. Die Balkontür stand angelehnt. Der Balkon war auch leer. Waren Elias und Fynn abgehauen?

Paulas Herz schlug heftig gegen die Rippen. Sie öffnete die Tür zu ihrem eigenen Zimmer und starrte in das Dunkel. Ihr Herz machte einen Sprung. Dort hockten zwei Gestalten auf den Betten.

«Ist die Luft rein?», flüsterte einer.

Paula räusperte sich.

«Ja, alles okay», sagte sie benommen, «ihr könnt wieder runterkommen.»

«Los!», zischte Fynn. «Schnell abhauen, sonst kommen die noch vor uns an!»

Elias hob entschuldigend die Arme und stürzte hinter Fynn die Treppe runter.

«Ciao, war nett!», rief er. Und schon rannten die beiden über die Terrasse in den Abend hinaus.

«He, wollen wir die Reste morgen Abend zusammen verdrücken?», rief Judith hinter ihnen her. Doch es kam keine Antwort.

Einen Moment sahen sich die Mädchen an. Ohne viele Worte war allen klar, dass der Abend zu Ende war.

Also machten sie sich gemeinsam daran, aufzuräumen, abzuwaschen, Jenny zu überzeugen, dass sie nicht auf dem Sofa, sondern im Bett schlafen sollte, und ihr Bett zu beziehen.

Schließlich stand Paula im Nachthemd an der Balkontür. Tief sog sie die Abendluft ein und schaute hinaus auf den dunklen Rasen und die kleinen Laternen, die hier und da schimmerten. Auf dem Weg sah sie zwei Leute mit einem Hund gehen. Vielleicht waren das die Bodyguards, von denen Birte gesprochen hatte.

Der Gedanke an Birte durchflutete sie wie eine warme Welle.

Morgen ruf ich an, dachte Paula. Und morgen seh ich Elias wieder.

Sie tat noch einen tiefen Atemzug, dann schloss sie die Balkontür, zog die Vorhänge vor und holte ihr Buch aus dem Schrank. Solange Judith noch im Bad war, wollte

Paula ein bisschen lesen. Und dann wollte sie mit Judith im Dunkeln plaudern, am liebsten über die 7a und einen gewissen Schüler …

Unten waren Stimmen zu hören.

Paula lauschte.

Waren Maxie und Nevin noch nicht im Bett? Plötzlich kam jemand polternd die Treppe hoch, und schon klopfte es gegen die Tür.

«Paula, Judith! Habt ihr Lust auf Popcorn und Bier?»

Das war Maxie.

Paula sprang aus dem Bett. Popcorn und Bier?

Schnell zog sie Jeans und Pulli an und öffnete die Tür. Maxie lächelte viel sagend.

«Die Party geht weiter», verkündete sie. «Das muss doch gefeiert werden!»

«Was?», fragte Paula verdattert. Nun verstand sie gar nichts mehr.

Doch statt zu antworten, lief Maxie die Treppe runter und verschwand im Wohn- und Essraum. Paula folgte ihr. In der Küche blieb sie wie angewurzelt stehen. Sie traute ihren Augen nicht.

Da standen Elias und Fynn, breit grinsend, und verdrückten die Spaghettireste, direkt aus dem Topf.

«Was ist denn hier los?», stammelte Paula.

«Das muss gefeiert werden», rief Maxie wieder und winkte Paula zu sich aufs Sofa. «Die beiden waren tatsächlich schneller!»

Paula blickte zu Judith, die ebenfalls heruntergekommen war.

«Schneller als wer?», fragte sie.

«Schneller als Botteblom und Essigbaum natürlich!», rief Elias fröhlich. «Es war zwar knapp, aber zum Glück stand bei uns die Terrassentür offen, sodass wir uns gerade noch auf das Sofa werfen konnten, als es klingelte.» Er ließ einen langen Spaghettifaden in seinen Mund baumeln und schielte dabei Paula an.

«Und jetzt machen wir durch!», fand Maxie und öffnete zischend eine Bierflasche.

Judith warf sich in einen Sessel, während Nevin das Knabberzeug aus der Küche brachte. Paula setzte sich in den anderen Sessel, sodass sie Elias und Fynn, die sich inzwischen auf dem Sofa breit machten, gegenübersaß.

Dann fiel Maxie ein, dass niemand Jenny Bescheid gesagt hatte. Bereitwillig lief Paula die Treppe hoch und pochte leise an Jennys Tür. Doch niemand antwortete. Als Paula leise die Tür öffnete, lag Jenny in ihre Decke gewühlt und schlief. Im Arm hielt sie einen großen Kuschelbären.

Leise schloss Paula die Tür.

Die ach so erwachsene Jenny mit einem Teddy! Paula schüttelte den Kopf. Was für ein merkwürdiger Abend!

Und während sie langsam die Stufen hinabging, empfand sie ein seltsam großes Gefühl für die ganze Welt.

Matt im Watt

Verworrene Traumfetzen hingen in Paulas Kopf. Irgendetwas Wunderschönes hatte sie geträumt, von einem Paar dunkler, geheimnisvoller Augen, aber was war da noch?

Als Nächstes hörte sie einen Ruf aus dem Nebenzimmer: «Aspirin!»

Mit einem Ruck saß Paula aufrecht im Bett.

Doch dann wurde ihr klar, dass sie nicht zu Hause war und nicht Birte gerufen hatte.

Schon erscholl der Hilferuf noch einmal: «Hat jemand Aspirin dabei?»

Ohne Vorwarnung ging die Tür auf, und ein verwuschelter Kopf reckte sich durch den Türspalt. «He, ihr Schlafmützen, habt ihr nicht gehört? Ich brauch Aspirin oder so was und zwar sofort!»

Schon stand Jenny mitten im Zimmer.

Judith grunzte etwas Unverständliches in ihr Kopfkissen und drehte sich zur Wand.

Paula starrte Jenny an. Nichts war mehr übrig von dem kleinen Mädchen, das mit einem großen Bären im Arm eingeschlafen war.

«Aspirin?», krächzte sie benommen und stützte sich auf. «Hab ich nicht. Wozu denn?»

«Wozu denn?», äffte Jenny sie nach. «Zum An-die-Wand-Hängen, was dachtest du denn!»

Und schon war sie wieder draußen. Die Tür ließ sie offen stehen.

«Tür zu!», brüllte Paula ihr nach. Doch vergeblich. Jenny polterte die Treppe runter .

Paula ließ sich wieder ins Kissen fallen. Hatte sie alles nur geträumt? Hatten sie gestern Nacht gar nicht bis in die Puppen zusammengehockt und gequatscht und gelacht und mit Erdnüssen rumgeworfen und ab und zu auch in einen der aufgesperrten Münder getroffen? War das alles wirklich oder nicht?

Paula wühlte den Kopf unter die Bettdecke. Sie dachte an Elias, der Witze machte, nur für sie? Der den Kopf schräg legte und sie ansah und …

Ein missmutiger Seufzer riss Paula aus ihren Erinnerungsträumen. Judith quälte sich aus dem Bett nebenan und warf den Wecker dabei um.

«Ach du meine Güte! Das verfluchte Mistding hat nicht geklingelt! Es ist schon halb zehn!»

Mist, Mist, Obermist, dachte Paula. So gern hätte sie noch ein Weilchen gelegen und an alles gedacht, was gestern so gewesen war.

Doch es half nichts. Um zehn Uhr traf sich die Klasse in Haus zwei. Beeilung war angesagt.

Ob es überhaupt etwas zum Frühstücken gab? Paula spürte ein quälendes Rumoren in der Magengegend.

Judith sprang quer durchs Zimmer und war schon im Bad.

«O nein! Hier ist es ja wie zu Hause», stöhnte Paula.

Doch sie stand trotzdem auf, zog die Vorhänge zur Seite und schaute hinaus in den sonnigen Tag. Dann warf sie sich in ihre Jeans, T-Shirt und Pulli und lief nach unten.

Kaum stand sie in der Küche, blieb ihr die Luft weg. Ihr Blick fiel auf einen wunderbar gedeckten Tisch mit frischen Brötchen, Marmelade, Käse und Butter. Daneben stand Nevin und strahlte.

Paula zeigte auf die Brötchen. «Hast du …? Ich meine, warst du … schon?»

Maxie stellte eine dampfende Kanne auf den Tisch. «Jaha!», rief sie. «Sie war schon einkaufen, und ich hab den Tisch gedeckt. Und morgen …»

Weiter kam sie nicht. In einem Überschwang von Freude und so etwas wie Dankbarkeit fiel Paula Nevin um den Hals.

«Wir müssen zusammenbleiben!», rief sie. «Warum ziehen wir nicht in eine WG?»

«Genau!», sagte eine Stimme neben ihr, und Paula spürte, wie Jennys Atem ihr Gesicht streifte. «Ich find, ihr seid prima! Erst Spaghetti, dann Brötchen! Fehlt nur noch ein Aspirin. Oder zwei.»

Da verwandelte sich Nevins Lachen in ein starres Grinsen.

«Pass mal auf», sagte sie langsam, «wir haben dir gestern Abend dein Leben gerettet, und du?»

«Du hast noch nicht mal in die Haushaltskasse eingezahlt», fuhr Maxie fort.

«Und die Lehrer haben wir auch angelogen, nur damit du keine Schwierigkeiten kriegst», sagte Paula.

«Genau!», rief Judith von der Treppe. «Dein Mister

Braungebrannt hat dich ja ganz schön abgefüllt! Nicht auszudenken, was passiert wäre, wenn wir dich nicht da rausgeholt hätten!»

Und dann erzählten die Mädchen der verblüfften Jenny, was sich am Abend davor zugetragen hatte.

Jenny wurde immer ruhiger und nachdenklicher, bis sie schließlich sagte: «Okay, meine Lebensretter, ich glaub euch ja. Aber dieser Gordon ist wirklich *so süß*!»

Da ging ein Stöhnen durch die Runde, die Mädchen verdrehten die Augen, ließen die Hände wie Scheibenwischer vor den Augen hin und her flattern und berichteten vom späten Teil des vergangenen Abends, den Jenny komplett versäumt hatte und an dem männliche Gäste teilgenommen hatten, ohne jedoch das Gästebett in Anspruch zu nehmen, obwohl es weit nach Mitternacht war.

An dieser Stelle schrien die Mädchen vor Vergnügen, denn Jenny sah erst ungläubig, dann verärgert aus und meinte allen Ernstes, das sei aber doch verboten.

Die Brötchen schmeckten wunderbar kross und frisch. Paula biss hinein und wunderte sich, dass sie zu Hause nie einen solchen Hunger verspürte am Morgen. Vielleicht war die Aussicht, nicht zur Schule, sondern in Haus Nummer zwei gehen zu müssen, so hungrig machend? Schon möglich, fand Paula, denn sie erinnerte sich, wer neben Haus Nummer zwei wohnte.

Paula klopfte das Herz bis in den Hals, als sie in die Sonne trat. Eine Wattwanderung mit der 7a zusammen stand auf dem Plan. Wieder sah sie diese Augen vor sich, schimmernd und irgendwie geheimnisvoll, die zurückschauten und schauten und …

«Habt ihr eure Schlüssel?», fragte jemand.

Doch keines der Mädchen hörte. Alle liefen über den Rasen und waren in Gedanken woanders.

Eine Stunde später standen vierundvierzig Schüler auf dem Deich und schauten auf die weite glitzernde Fläche des Watts. Die Sonne schien direkt aus dem Wassermatsch zu strahlen und ihr Ebenbild oben am stahlblauen Himmel nur eine Spiegelung zu sein.

Einige der Schüler setzten Sonnenbrillen auf, die anderen kniffen die Augen zusammen.

Paula drehte sich um. Nein, sie wollte keine Sonnenbrille tragen. Und er? Sie reckte den Hals. Wo steckte er denn? Endlich sah sie ihn bei einigen anderen Jungen stehen und lachen und mit dem Turnschuh Steinchen hin und her schieben.

Unauffällig stellte Paula sich etwas abseits und schaute erst zu Judith und Maxie, dann wieder zu Elias. Wie ein Feuerstrahl durchfuhr sie der Anblick seiner Augen, die zu ihr herüberblickten. Ein paar Sekunden hielt sie seinem Blick stand, dann drehte sie sich abrupt um.

Sie konnte es nicht länger aushalten! Sie spürte, wie ihr der Schweiß ausbrach, und zugleich kriegte sie Gänsehaut auf den Armen, obwohl die Sonne hoch stand und nur ein leichter Wind ging.

Paula fuhr sich mit der Hand über die Stirn und griff sich in die verwehten kurzen Haare. Noch einmal blickte sie kurz zurück und sah, dass Elias jetzt mit Herrn Botteblom sprach. Er hob die Schultern und die Hände zugleich und ließ sie wieder fallen.

Was war los? Gab es ein Problem? Elias sah aus, als ob er sich verteidigen würde, fand Paula. Er war doch nicht erwischt worden letzte Nacht?

Nun rief Frau Essigbaum zum Aufbruch. Die Schüler liefen zum Strand hinunter, zogen Schuhe und Strümpfe aus, verstauten sie in ihren Rucksäcken und krempelten die Hosenbeine hoch. Der nasse Wattboden mit seinen modderigen Löchern, tieferen Prielen und Muschelbänken fühlte sich weich an.

Paula ging mit Judith, Nevin und Maxie. Sie hielten sich untergehakt und sprachen über dies und das. Doch Paula hörte kaum zu. Sie genoss die Nähe der Mädchen. Das Gefühl, dazuzugehören, genügte ihr vollkommen. Sie fühlte sich so frei und merkwürdigerweise gefangen. Irgendwie eingesperrt in ein Gefühl von Sehnsucht und Trauer. Und zugleich war sie so glücklich! Wie konnte das nur sein?

Sie tat ein paar Hüpfer, Nevin, Maxie und Judith ebenfalls – und plötzlich verfielen sie in das Schrittespiel «Ein Hut, ein Stock, ein Re-gen-schirm!».

Das war ein Spaß! Der Matsch spritzte ihnen an die Waden, sie stolperten vor und zurück und schrien vor Lachen. «Und vorwärts, rückwärts, seitwärts, ran, ein Hut, ein Stock ...»

Und auf einmal, Paula stockte der Atem, hängte sich jemand an ihren freien Arm. Elias. Neben ihm gingen Fynn und noch ein paar andere Jungs, und alle machten mit. «Ein Hut, ein Stock, ein Re-gen-schirm!»

Sie johlten und alberten.

Paula jedoch wurde ganz still. Ihr Arm war auf einmal

bleischwer. Elias hielt ihn, erst lose und fast wie zufällig, dann kam er näher heran und drückte ihren Arm an sich, und sie spürte die Bewegungen seines Körpers beim Laufen. Und sie hörte seine Stimme dicht bei sich. «Und vorwärts, rückwärts, seitwärts, ran!» Und dann sagte seine Stimme leiser und nur zu ihr: «Ich fand's schön gestern Abend bei euch.»

Paula musste schlucken.

«Ich auch», sagte sie. Irgendwie fiel ihr gar nichts ein, was sie sonst noch sagen könnte. Verflixt!

Elias räusperte sich ausführlich, dann fügte er hinzu: «Leider ging der Rückweg das zweite Mal nicht so glatt.»

Paula blieb stehen. Die ganze Kette von Jungen und Mädchen kam ins Stocken, Einzelne stolperten und zerrten Paula wieder mit.

Als alle wieder im Gleichschritt waren, sagte Elias leise: «Botteblom. Zum Glück will er das für sich behalten. Saß auf seiner Terrasse und hat geraucht und Bier getrunken, als wir nach Hause sind. Hat uns erwischt. Jetzt will er wissen, wo wir waren.»

«Und?», krächzte Paula und räusperte sich auch. Zu dumm, dass sie immer heiser wurde, wenn etwas Wichtiges los war. Von der Seite sah sie auf Elias' Wangenknochen einen leichten Sonnenbrand.

«Nichts und», sagte er leichthin und zuckte mit den Schultern. Dabei drückte er ihren Arm leicht an sich und sah sie an.

Eine Möwe schrie über ihren Köpfen. Paula verfolgte ihren waghalsigen Flug mit den Augen und blickte dann zurück in dieses Gesicht, von dem sie geträumt hatte und das nun so nah neben ihr war. Eine heiße Welle von Sehnsucht und Furcht rollte durch ihren Körper, und schnell schaute sie wieder der Möwe nach, die sich jetzt weiter hinten auf einem Sandhügel niederließ.

«Ich sag nichts», sagte Elias und machte einen Schritt zur Seite.

Erst jetzt merkte Paula, dass die Gruppe sich aufgelöst hatte. Einige standen um ein Wasserloch herum und betrachteten die Ursache von Jennys Gekreische: ein großer Krebs versuchte, sich in den Schlick zu wühlen. Vergeblich. Jemand hob ihn an seinem Panzer hoch und hielt seine Furcht erregenden Scheren direkt vor Jennys Gesicht.

«Iiiii, was soll das!», schrie Jenny entsetzt und machte einige Schritte rückwärts. Doch da stand Elias, und beinahe wären beide rückwärts in den Schlamm gefallen. Aber Elias hatte rechtzeitig die Hände gegen Jennys Schultern gelegt und sie nach vorn geschoben.

«Oh, danke!», sagte Jenny bedeutungsvoll und schaute ihren Retter erstaunt und interessiert an. «Kennen wir uns nicht?»

Am liebsten hätte Paula ihr dafür eine geklebt.

Elias nickte.

«Das war das zweite Mal», sagte er ruhig. «Beim dritten Mal gibst du einen aus.»

Damit ging er rüber zu Fynn und den anderen aus seiner Klasse, die offensichtlich die Aufgabe erhalten hatten, Muscheln aus der Erde auszugraben.

Herr Botteblom hielt begeistert eine hoch und rief: «Hier seht ihr das Prachtexemplar einer Schwertmuschel!»

Doch statt nun einen Vortrag über Schwertmuscheln zu halten, ihren Lebensraum, ihre Besonderheiten und Verdienste um die Sauberkeit des Wassers, wie Paula erwartete, legte er die Muschel wieder in die Erde zurück und ging davon.

Dankbar sah Paula ihm nach. Wer hatte schon Lust auf Belehrungen, so fern von Schule und Alltag!

Plötzlich stand Judith neben ihr.

«Na? Was gibt's Neues?»

Irgendetwas an ihrer Stimme störte Paula. Störrisch wandte sie sich ab und sagte nur: «Sie sind erwischt worden von Gerhard. Aber sie haben uns nicht verraten.»

Damit zog sie weiter in Richtung großer Priel, der sich in der Ferne durch die öde Wattlandschaft schlängelte. Die meisten Schüler gingen schon ein gutes Stück voraus, trotzdem waren ihre Konturen merkwürdig scharf und deutlich in der flirrenden Luft zu erkennen.

Paula schaute zurück. Das Festland lag da wie ein Scherenschnitt. Fast konnte man meinen, dahinter würde das Watt endlos weitergehen.

Wie gut, dass es nicht so war! Paula sehnte sich zurück in ihr gemütliches kleines Haus Nummer fünf, mit dem großen Tisch und dem Sofa, wo sie gestern Abend beim Schein von Teelichtern Elias in die Augen geschaut hatte und er beim Abschied seine Hand kurz über ihren Hals hatte gleiten lassen, als es niemand sah …

Jetzt erst merkte Paula, dass sie ziemlich weit hinter den anderen zurückgeblieben war. Schnell versuchte sie sie einzuholen. Wenn sie nur nicht so müde wäre! Aber das war kein Wunder. Schließlich hatten Judith und sie erst im Morgengrauen das Licht gelöscht. Und eingeschlafen war sie dann noch lange nicht. Wie soll man auch schlafen, wenn einem der Hals wie Feuer brennt und zugleich Freude und Unruhe einem das Herz zerreißen!

Vorne ruderten einige mit den Armen in der Luft.

«He! Paula!», riefen sie.

Paula lief schneller. Der Schweiß rann ihr in kleinen Tropfen von der Stirn, und auch unter den Achseln spürte sie eine unangenehme Feuchtigkeit, die ihr fremd war. Es war aber auch heiß!

Außer Atem erreichte sie Maxie, Nevin und Judith, die auf sie gewartet hatten.

«Was ist los? Kannst du nicht mehr?», fragte Nevin besorgt.

«Das nicht gerade. Aber müde bin ich. Ihr nicht?»

Maxie wiegte den Kopf.

«Kann schon sein. Aber ich glaube ...»

Ihre Stimme blieb in der Schwebe hängen, und alle sahen Maxie erwartungsvoll an.

«Was glaubst du?», fragte Paula schließlich genervt, als Maxie hartnäckig schwieg.

«Ich glaube, mit dir ist was anderes los», verkündete sie schließlich.

«Ach, sag bloß», fauchte Paula sie an. «Das wollen wir gar nicht wissen!»

«Wir wissen es eh schon», meinte Nevin gutmütig und klopfte Paula auf die Schulter. «Dich hat es erwischt, klarer Fall.»

«Erwischt? Ich bin schlapp und müde, das hat mich erwischt, was denn sonst?», gab Paula zurück.

«Stimmt, das sind wir alle. Aber besonders Elias. Und natürlich auch Fynn», beeilte Judith sich hinzuzufügen. «Schlapp und matt.»

Und sie zwinkerte den anderen heimlich zu.

«Genau! Matt im Watt!», rief Maxie vergnügt. «Gib doch mal das Wasser her, ich hab das Gefühl, ich geh seit Stunden in der Wüste Negev.»

So ein Pech!

Wenn hier doch nur eine Bank wäre», stöhnte Judith eine halbe Stunde später.

«Oder wenigstens ein Stuhl», meinte Maxie.

«Ein Hocker würde es auch tun», murmelte Paula.

Inzwischen waren sie an dem großen Priel angekommen, standen bis zu den Knien im warmen Wasser, hatten Hunger und Durst und konnten vor Müdigkeit kaum noch stehen.

Alle anderen schienen noch frisch zu sein. Einige Jungen fingen übermütig an, sich mit Wasser zu bespritzen, und schon waren die ersten im Wasser gelandet.

«Dann können wir ja auch gleich ganz rein», rief jemand, und einige rannten direkt los.

«Hier kann man schwimmen!», rief Fynn begeistert. «Los, kommt rein!»

«Wollen wir auch?», fragte Maxie. «Sieht doch erfrischend aus!»

Paula war sich nicht sicher, ob Fynn sie gemeint hatte. Er schaute ganz woandershin.

«Ooch, dann werden meine Klamotten ja nass», gab Judith zu bedenken. «Dazu hab ich keine Lust.»

Auch Paula wollte nicht mit nassen Jeans und T-Shirt

zurückgehen. Also blieben sie am Rand stehen und sahen zu, wie immer mehr Schüler in den Priel liefen und sich gegenseitig nass spritzten. Auch Elias war dabei. Er zog sein Hemd über den Kopf und warf es jemandem zu.

Paula spürte einen kleinen Stich in ihrem Innern. Warum kam er nicht zu ihr und ließ sie sein Hemd halten? Sie reckte den Hals und sah, wie ein großes blondes Mädchen sein Hemd auffing und es sich um die Schultern legte. Schnell drehte Paula sich weg.

«Wer ist das denn?», hörte sie Judith neben sich murmeln.

Paula zuckte mit den Schultern. Wer sollte das schon sein. Irgendeine aus der 7a natürlich. Vielleicht die Neue, die erst zu ihnen sollte. Schnell schaute sie noch einmal hin und sah, wie Elias der großen Blonden eine Hand voll Wasser hinspritzte und lachte, dass seine weißen Zähne blitzten.

Die Blonde lachte auch und kreischte, sie nahm sein Hemd und wischte sich damit das Gesicht trocken. Elias drohte ihr mit der Faust, machte einen Rückenklatscher und streckte dabei die Arme aus, als sollte die große Blonde ihm in die Arme fallen …

Paula stöhnte auf. Das war zu viel.

«Ich muss hier weg!», stieß sie hervor und rang nach Luft.

Judith legte die Hand auf Paulas Arm.

«He, Moment. Wohin willst du denn? Warte doch mal!»

Paula stürzte los. Weg vom Priel, weg von den anderen, bloß weg hier!

Kaum war sie ein paar Schritte gelaufen, blieb sie wie angewurzelt stehen.

Da war es.

Das Gefühl der absoluten Gewissheit.

Das Gefühl, dass es jetzt passierte.

Das Gefühl, auf das sie so lange gewartet hatte. Jetzt war es da.

«O nein!», flüsterte Paula.

Sie spürte es genau.

Kein Zweifel. Es war so weit.

Es lief etwas aus ihr heraus und sickerte in den Slip.

«O nein! Bitte nicht!», stöhnte sie. «Bitte nicht jetzt!»

Wie erstarrt stand sie da und spürte, wie ihre Füße immer tiefer in den weichen Wattboden sanken und wie ein dünnes kleines Rinnsal aus ihrem Bauch sickerte und gleich an ihrem Bein hinab ins nasse Watt floss.

Hilfe!, dachte sie. Was soll ich denn jetzt tun?

Da hörte sie Judiths Stimme.

«Was ist los?»

Paula konnte sich nicht rühren. Sie hörte Judith wie durch einen dicken Nebelschleier und konnte ihr nicht antworten.

«Paula! Was hast du!», rief Judith und rüttelte ihre Freundin. «Sieh mich an! Was ist passiert?»

«Es!», krächzte Paula nur, und jetzt liefen ihr die Tränen nur so übers Gesicht.

«*Es?* Was soll das heißen?»

Judith zerrte an Paulas Arm.

Da sah Paula sie an. Und plötzlich wusste Judith Bescheid. Ungläubig schüttelte sie den Kopf.

«Du meinst, du hast *sie* bekommen? Deine Tage? Jetzt gerade?»

Paula nickte.

«Und woher weißt du das?», fragte Judith.

Doch dann begriff sie, dass das eine dumme Frage war. «Ich meine, bist du sicher?», fügte sie schnell hinzu.

Paula nickte.

Beide schwiegen einen Moment. Bis Paula es wagte, die wichtigste Frage zu stellen.

«Sieht man etwas?»

Judith zögerte. Dann ging sie langsam um Paula herum und schaute sie genau an.

Sie schüttelte den Kopf. «Alles wie immer.»

Paula war nur einen kleinen Augenblick erleichtert.

«Noch», meinte sie düster. Und mit einem kleinen Aufschrei rief sie: «Ach Judith, was soll ich denn jetzt machen?»

Judith starrte auf ihre Füße, die im Schlick versanken, und schwieg.

«Keine Ahnung», gab sie dann zu. «Ich glaub ja nicht, dass das so schlimm ist. Aber vielleicht sollten wir lieber Maxie und Nevin fragen. Los, komm.»

«Ich kann nicht!», rief Paula jämmerlich. «Hol sie her, ja?»

Das tat Judith. Paula hörte, wie sich ihre quatschenden Schritte im wässrigen Matsch entfernten.

Vorsichtig drehte sie sich um, tat ein paar Schritte. Es war, als traute sie ihrem Körper nicht mehr. Fast war ihr schwindlig, so unsicher fühlte sie sich auf einmal. Warum konnte man sich nicht wenigstens hinsetzen, verdammt!

Hätte sie doch nur eine Plastiktüte mitgenommen. Die hätte sie auf den Schlick gelegt und sich dann draufgesetzt. Stattdessen stand sie hier, in sengender Sonne, und bekam ausgerechnet mitten im Watt ihre ersten Tage! Ohne Slipeinlage, ohne Bad, ohne Waschbecken und Toilette, und doch umgeben von Wasser!

Paula stöhnte auf und schaute hoch zum stahlblauen Himmel. Lieber Gott, falls es dich gibt, hast du mich ja prima reingelegt!, dachte sie finster. Die Sonne schien, als sei nichts geschehen.

Dann fiel ihr Blick auf die Badenden in der Ferne, die allmählich aus dem Wasser kamen und sich mit einem Ruck die nassen Haare aus dem Gesicht schleuderten. Diese affige große Blonde! Die allein hätte schon gereicht! Und jetzt auch noch das!

Paula fühlte sich so elend wie lange nicht mehr. Elend und verwirrt. Doch bevor sie darüber nachdenken konnte, was nun schlimmer war, die ersten Tage mitten im Watt oder die große Blonde, kamen Judith, Nevin und Maxie angelaufen.

«Bestimmt kommt die Flut gleich!», sagte Maxie als Erstes.

Alle sahen sie verwundert an. Da beeilte sich Maxie, den Zusammenhang zu erklären. «Menstruation und Mond, Mond und Gezeiten, Ebbe und Flut – das alles hängt zusammen!», sagte sie eifrig. Unter den Blicken der Mädchen verebbte ihre Stimme allerdings rasch, und niemand fragte, ob das die Navajos meinen.

«Ach Paula», sagte Nevin und drückte Paulas Arm verlegen. «Erst einmal: Herzlichen Glückwunsch!!»

«Stimmt!», sagte Judith verschämt und reichte Paula die Hand.

Da wurde es Paula zu bunt.

«Gratulieren könnt ihr mir, wenn ich hier heil rausgekommen bin!», rief sie verzweifelt. «Helft mir doch! Was soll ich tun?»

«Nun mal langsam mit die jungen Pferde», meinte Maxie beruhigend. «Du wirst schon nicht verbluten.»

«Das nicht! Aber gleich wissen es alle! Weil nämlich meine Jeans durchläuft. Ich sterbe, wenn die anderen das sehen!»

«Nevin, hast du nicht eine Slipeinlage dabei? Du hast doch gerade deine Tage.»

Ein glänzender Einfall von Judith! Hoffnungsvoll schauten drei Paar Augen auf Nevin. Doch die zuckte bedauernd mit den Schultern.

«Ich wollte welche mitnehmen», sagte sie entschuldigend, «aber, sagt doch selbst: Wo kann man hier bitte schön eine Einlage wechseln?»

Als Erste lachte Maxie. Glucksend und verschämt quoll es aus ihrem Mund, und als Judith und Nevin auch einstimmten, musste selbst Paula einen kurzen Moment lachen.

Wie Recht Nevin hatte! Was nützte hier eine Slipeinlage!

Mit einem Mal war Paula erleichtert. Wenigstens war sie von dem Gedanken an die große Blonde abgelenkt. Wie gut, dass es Judith, Maxie und Nevin gab. Wie gut, dass sie mit ihnen reden und sie um Hilfe bitten konnte!

Nevin stellte sich vor Paula und sah sie an.

«Was meinst du, läuft viel aus?»

«Keine Ahnung», sagte Paula. Fast war es ihr peinlich, doch irgendwie war es auch komisch.

«Wenn es nicht viel ist, macht das doch nichts!», sagte Nevin fachmännisch. «Das Einzige, was passiert, ist, dass dein Slip nachher blutig ist. Den wäschst du in kaltem Wasser aus.»

«Und wenn es mehr ist?», wollte jetzt Judith wissen.

«Dann läuft es in die Jeans, aber erst mal sieht man davon auch nichts», meinte Nevin. Doch nun merkten alle, dass sie etwas unsicher wurde.

«Du kannst dir ja meine Jacke um die Hüften binden», schlug Maxie Paula vor.

Das war eine klasse Idee! Die Jacke hing lang an Paulas Oberschenkeln herunter und verdeckte alles, was gefährdet war.

«Und wenn das nicht reicht, stürzt du dich eben in die Fluten, wie die anderen!», bemerkte Nevin trocken. «Das wäscht alles raus.»

Alle vier lachten, und Paula umarmte eine nach der anderen dankbar. Sie band sich Maxies Jacke um und ließ sich endlich gratulieren.

«Wie sagt man bei den Navajos?», erkundigte sich Judith.

Doch die Antwort ging im Gelächter unter.

Drei Katastrophen sind zu viel!

Die Mädchen hatten Paula in ihre Mitte genommen und zogen untergehakt zu den anderen zurück. Paula hatte sich Maxies Jacke um die Hüfte gebunden und schaute ständig an sich hinunter, ob alles noch richtig hing.

Mit Erleichterung vernahmen sie, dass Frau Essigbaum und Herr Botteblom zum Aufbruch riefen. Die letzten Schüler stiegen aus den flachen Fluten des Priels und wrangen ihre Hemden und Hosenbeine aus.

Paula vermied es sorgfältig, in die Nähe der 7a zu blicken. Sie schaute auf ihre Zehen, zwischen denen sich bei jedem Schritt der Schlick durchquetschte, und hatte dabei nur einen Gedanken: Hoffentlich läuft nichts durch!

Doch wenn sie ehrlich war, so hatte sie noch einen Gedanken, und der war ebenso schmerzlich: Hoffentlich war es nur Zufall, dass die große Blonde sein Hemd aufgefangen hat. Hoffentlich meinte er die gar nicht. Hoffentlich kam er gleich zu ihr rüber, und alles war wie vorher.

Hatte er sie nicht dauernd angesehen am letzten Abend? Hatte seine Hand nicht zart über ihren Hals gestrichen, fast als wollte er ihn umfassen und ihren Kopf zu sich ziehen, um sie zu …

Hier stockten Paulas Gedanken, und ihr Herz begann zu rasen.

Schnell schaute Paula hoch. Hatte jemand ihre Gedanken erraten?

Noch immer ging sie mit Judith, Nevin und Maxie eingehakt hinter den anderen her. Ohne es zu merken, suchten ihre Augen Elias. Und fanden ihn. Paula duckte sich und musste doch, ohne es zu wollen, noch einmal hinsehen.

Da ging Elias eingehakt mit der großen Blonden und noch anderen, und alle alberten rum und riefen «Ein Hut, ein Stock, ein Regenschirm».

Judith hatte den Ruck gespürt, der durch Paula ging, und schaute ebenfalls in diese Richtung.

«So ein Affe!», murmelte sie.

Dann zog sie an Paulas Arm und sagte: «Schau nicht hin. Jungs sind doch so was von bescheuert, die sind es gar nicht wert!»

«Genau!», brummte Maxie an Paulas anderer Seite, der nichts entgangen war. «Du hast jetzt sowieso andere Sachen, die wichtig sind, stimmt's?»

Das sollte aufmunternd klingen, doch Paula empfand Maxies Worte eher bedrohlich. Was war wichtiger als Elias? Dass sie ihre Tage bekam? Ihre allerersten Tage, und das auch noch mitten im Watt? Das war nicht wichtiger, das war eine Katastrophe! Und Elias war auch eine! Zwei Katastrophen im gleichen Augenblick – wer konnte das aushalten?

Paula stützte sich auf die Arme ihrer Freundinnen und fühlte sich auf einmal alt. Wenn es dies war, was Erwachsenwerden bedeutete, dann wollte sie nicht erwachsen werden! Hier ging sie, ganz allein (mal abgesehen von ihren Freundinnen) und musste es hinnehmen, gleich eine blutige Jeans zu haben und dass obendrein alle Mitschüler aus der eigenen und aus der Parallelklasse es sahen. Und dann musste sie noch ertragen, dass der süßeste Junge, den sie bislang kennen gelernt hatte, bereits nach weniger als acht Stunden eine andere hatte.

«Ich pfeif drauf!», murmelte sie grimmig.

Maxie hatte feine Ohren. «Auf was pfeifst du?», erkundigte sie sich sofort.

«Aufs Erwachsenwerden!», sagte Paula düster und patschte mit einem Fuß in eine Senke, dass es nur so spritzte.

Maxie schwieg einen Augenblick.

«Stimmt», pflichtete sie dann Paula bei. «Aber so dramatisch ist es sonst eigentlich nicht.»

«Was?»

«Die Tage zu kriegen, natürlich», meinte Maxie. Und als Paula nichts weiter sagte, fügte sie hinzu: «Meistens ist es ganz normal, die Tage zu kriegen.»

«Normal?», fragte Paula gedehnt. Normal war alles andere, als plötzlich aus heiterem Himmel anzufangen zu bluten und nichts, aber auch gar nichts dagegen tun zu können und es auch noch von da an jeden Monat wieder neu vor sich zu haben. Das sollte normal sein?

«Ich zum Beispiel hab meine Tage zu Hause gekriegt, in den Herbstferien letztes Jahr. Das war irgendwie normal. Nicht so ausgefallen wie du jetzt. Stell dir vor, was du später erzählen kannst über diesen Tag!»

Noch bevor Paula sich vorstellen konnte, irgendwann einmal von diesem Ereignis zu erzählen, gefroren ihre Gedanken zu Tiefkühleis. Da sickerte es. An ihrem Bein!

Mit einem Aufschrei bückte Paula sich, wischte die Waden entlang und betrachtete prüfend die Hand. Dunkelbraune Streifen waren dran.

«O nein!», rief sie. Doch im gleichen Moment erkannte sie, dass es nur Schlickspritzer waren, die an ihrem Bein hinunterliefen.

«Alles okay?», fragte Judith links.

«Geht es noch?», fragte Maxie rechts.

«Halt durch!», sagte Nevin rechts von Maxie.

Paula murmelte etwas von «Geht schon» und «Ist es noch weit», während hinter ihnen eine Gruppe anfing, «Von den blauen Bergen kommen wir» zu singen. Am lautesten sang Botteblom. Er sang so laut und so schön, dass Paula sich umdrehte. Sie hatte immer gedacht, Botteblom könnte nicht singen, kein Stück.

«Hört ihr das?», fragte Judith.

«Los, wir singen mit!», rief Nevin aufgekratzt.

Und schon fing sie an. «Jippi yeah!»

Maxie und Judith fielen dankbar ein. Singen half fast immer, warum nicht auch jetzt?

Paula zögerte. Maxie hatte es gut! In den Herbstferien. Sie hatte ja gewusst, dass es jetzt passierte. Ha, da wird Mama aber staunen, dachte sie. Und schon hörte sie ihre Stimme, die mitsang: «Von den blauen Bergen kommen wir!»

In der Ferne war das Festland sichtbar, verschwommen im Dunst der Wärme. Dort hinter dem Deich stand irgendwo ihr kleines Haus mit einem schönen sauberen Bad, einem Waschbecken und einer Dusche. Mit jedem Schritt, den Paula tat, spürte sie es zwischen den Beinen klebrig und warm, und jeder Schritt brachte sie diesem schönen Haus näher.

Ich werde sofort duschen, frische Sachen anziehen und Mama anrufen, dachte Paula.

Sie zog die Ärmel von Maxies Jacke fester um die Hüften und fühlte heimlich darunter, ob die Jeans schon nass war.

Sie war.

Da zog Paula ihre Freundinnen noch scnneller mit.

Als sie schließlich Gras unter ihren Füßen spürten, setzten sie sich erst einmal hin.

Vorsichtig ließ Paula sich nieder. Es war zwar toll, endlich einmal zu sitzen, doch die Hose fühlte sich im Sitzen noch unangenehmer an. Verstohlen warf Paula einen Blick unter Maxies Jacke. Tatsächlich. Im Schritt ihrer Jeans war ein rotbrauner Fleck zu sehen. Nur schnell nach Hause!

«Puh!», stöhnte Judith. «Wie viele Tage waren wir unterwegs? Mir kommt es vor wie Wochen!»

«Meinem Hunger nach zu urteilen, müssen es Monate sein!», schnaubte Maxie, riss einen Grashalm ab und kaute drauf.

Da stellte Nevin die entscheidende Frage: «Wer kocht heute?»

Alle schwiegen. Sie wussten, wer heute dran war mit Kochen. Jenny. Doch von ihr war weit und breit nichts zu sehen, keine Faser und keine Haarsträhne.

«Egal», sagte Judith entschieden, «wir gehen erst einmal nach Hause und trinken was. Außerdem können wir die Brötchen von heute morgen aufessen. Wenn Jenny dann kommt, schicken wir sie gleich zum Einkaufen.»

Müde und erschöpft rappelten sie sich wieder hoch und schlurften ihrem Haus entgegen. Ihrem kleinen gemütlichen Haus Nummer fünf mit dem sauberen Bad und den netten Zimmern. Paula konnte es kaum erwarten, in Ruhe im Bad zu sein und sich damit zu befassen, dass sie tatsächlich ihre Tage hatte. Und sich aufs Bett zu werfen und Elias einen grottenschlechten Tag zu wünschen!

Bei diesem Gedanken wurde ihr Herz schwer. Warum nur müssen immer so viele Dinge auf einmal passieren?, fragte sie sich und ahnte nicht, dass noch eine Katastrophe bevorstand. Keine der vier Mädchen ahnte es. Erst als sie vor ihrer Haustür standen, dämmerte ihnen etwas.

«Wer hat einen Schlüssel?», fragte Maxie ganz arglos.

«Wieso Schlüssel?», meinte Judith und sah Paula an. «Du doch, oder?»

Und ganz allmählich wurde ihnen klar, dass keine von ihnen einen Schlüssel eingesteckt hatte. Keine – außer Jenny. Hoffentlich!

Flensburger Sommersprossen

Sie warteten, aber auch nach einer halben Stunde war nichts zu sehen von Jenny. Kein Atom von ihr.

So sehr Paula, Judith, Nevin und Maxie auch Ausschau hielten, so oft sie vorübergehende Mitschüler fragten und sogar die Lehrer ansprachen – Jenny blieb verschwunden. Es war aber auch zu dumm! Sie saßen scheinbar gemütlich auf ihrer Terrasse und konnten nicht hinein! Schließlich verlor Judith die Geduld.

«Ich geh jetzt zur Verwaltung und hol einen Generalschlüssel oder so was!», verkündete sie.

Paula schaute verzweifelt in die Wolken. Da streifte ihr Blick über den Balkon und …

«Ich hab's!», rief sie. «Wir klettern auf den Balkon und brechen bei uns ein! Vielleicht ist Jennys Balkontür sogar offen!»

Stumm schauten die Mädchen nach oben, und ratlos kehrte ihr Blick wieder zurück. Wie konnte man von hier unten auf den Balkon gelangen?

«Okay, ich geb's ja zu, ich hab mal *free climbing* gemacht», meinte Maxie nach einer Weile des Schweigens, «kann mal jemand ein paar Nägel in die Wand hauen, damit ich da hochkomme?»

«Wie machen das denn die Navajos?», wagte Nevin sich zu erkundigen. Doch die anderen verzogen nur müde den Mund.

«Ich will was trinken!», jammerte Judith.

«Ich will ins Bad!», rief Paula empört.

Es war Nevin, die endlich auf die beste Idee kam.

«Wir müssen wohl oder übel diesen Mister Braungebrannt suchen», sagte sie, und allen war sofort sonnenklar, dass sie damit Recht hatte. Bestimmt war Jenny bei ihm, in Haus Nummer neun. Also beschlossen sie, dass Judith, Nevin und Maxie zu Haus Nummer neun gingen. Paula sollte auf der Terrasse sitzen bleiben und sich ausruhen.

Paula rutschte auf dem Stuhl hin und her. Von wegen ausruhen! Auf die Toilette musste sie und zwar dringend! Und neue Sachen anziehen. Warum war sie auch so blöd gewesen und hatte gedacht, dass Judith den Schlüssel einsteckte. Hatte sie das überhaupt gedacht? Hatte sie nicht nur eine gewisse Klasse im Kopf und davon eigentlich nur einen gewissen Jungen?

Zum Teufel mit ihm!, dachte Paula finster. Doch zugleich fiel ihr der gestrige Abend ein, Elias, der ihr gegenübersaß, sein Lachen, seine fröhlichen, irgendwie geheimnisvollen Augen, die sie direkt angeschaut hatten und in die sie zurückschaute und schaute und dabei fast schwindlig wurde, so nah spürte sie ihn plötzlich –

Paula merkte, dass ihr Tränen in die Augen traten. Nur gut, dass die anderen sie nicht sahen. Noch gestern Nacht schien die Welt so verheißungsvoll, und jetzt? Wie jämmerlich saß sie hier, allein auf dieser verdammten Terrasse, mit einer durchweichten Unterhose und einer fleckigen Jeans, und konnte sich noch nicht einmal umziehen! Und von diesen Blicken und dieser Berührung war nur noch Schmerz übrig geblieben, Schmerz, der nicht enden wollte.

Und jetzt kamen auch noch eigenartige Bauchschmerzen dazu. Ob das normal war?

Paula beugte sich vor und zog Maxies Jacke enger um die Hüften. Am besten sie fuhr nach Hause. Jetzt sofort. Am besten sie schlug ein Fenster ein, vielleicht das von Nevin und Maxie, ging ins Haus, zog sich um, packte ihre Sachen und verschwand. Dann würde er aber Augen machen am nächsten Tag, wenn es hieß, Paula ist weg.

Doch statt ein Fenster einzuschlagen und zu verschwinden, blieb Paula sitzen und starrte vor sich hin.

Wäre sie doch nur zu Hause in ihrem gemütlichen Bett. Mama würde ihr Tee bringen und sich zu ihr setzen, Birte würde achtungsvoll die Türen leise schließen und sich nach ihrem Befinden erkundigen. Auf jeden Fall wäre es zu Hause jetzt besser!

Paula schniefte und schaute sich um. Sie konnte doch nicht so tatenlos hier sitzen bleiben! Ob sie sich den Tisch nehmen, einen Stuhl draufstellen und dann auf den Balkon hangeln sollte?

Sie stand auf und betrachtete den Balkon. Hoch war er ja. Höher als Tisch und Stuhl gemeinsam. Außerdem war sie nicht schwindelfrei, da war Paula sich ziemlich sicher.

«Ist dein Wellensittich entflogen?», fragte da jemand hinter ihr.

Erschrocken drehte Paula sich um.

Drei Jungen standen hinter ihr, grinsten und reckten die Hälse.

«Da sitzt er ja!», sagte einer und zeigte nach oben.

Paula starrte ihn böse an.

«Vielleicht ist es ja deiner», murmelte sie.

«Also, bei uns zu Hause hilft man Mädchen, die auf Balkone klettern wollen», sagte ein anderer Junge. Er hatte wirre rote Strubbelhaare und eine Million Sommersprossen im Gesicht.

«Ach ja?», antwortete Paula möglichst gleichgültig.

Irgendwie klang die Sprache der drei so lustig, ein plattdeutscher Akzent wahrscheinlich. Schon hörte sich Paula weitersprechen. «Ist das Ostfriesland? Da haben die Leute seltsame Angewohnheiten.»

«Oha!», sagte Strubbelhaar anerkennend. «Knapp daneben.»

«Ist auch vorbei», ergänzte sein Kumpel zufrieden. Er war klein und rundlich und trug Shorts, die ihm bis zu den Knöcheln hingen.

Paula zog Maxies Jacke glatt und schaute den dreien ins Gesicht. «Jetzt bin ich aber gespannt», meinte sie. «Vielleicht Bayern?»

«Gaaanz kalt», rief Strubbelhaar und grinste noch mehr. «Schöne Stadt im Norden, fast schon Dänemark ...»

Paula tat angestrengt. Legte die Stirn in Falten und murmelte was vor sich hin. Dann erhellte sich ihr Gesicht. «Flensburg!», rief sie.

«Hundert Punkte!», kreischte der Runde.

«Und? Was ist nun mit dem Wellensittich?», fragte Strubbelhaar.

Paula überlegte. Konnte sie denen vertrauen? Sollte sie die drei wegschicken? Oder waren sie in der Lage, ihr zu helfen?

Was würde Birte tun?, überlegte Paula. Und schon war es ihr klar, was ihre Schwester tun würde.

Paula ging zur Sitzecke und bot den dreien die Stühle an. Sie selbst setzte sich ebenfalls.

«Da ihr aus Flensburg seid, habt ihr mein Vertrauen. Meine Schwester hat einen Freund in Flensburg, also muss die Stadt was taugen», log Paula und staunte über sich selbst. «Also: Ich hab keinen Schlüssel.»

Der Runde pfiff durch die Zähne. «Und du wohnst da?», fragte er vorsichtshalber.

«Logo», gab Paula zurück. «Meinst du, ich will da einbrechen?»

«Und wo sind deine Kollegen?», fragte Strubbelhaar. Er grinste ununterbrochen, und seine erstaunlichen Grübchen wurden dabei tiefer und tiefer.

Paula grinste zurück. «Im Watt ertrunken. Tragisch, so was. Also – helft ihr mir?»

«Klaro!», sagte der Erste und drehte seine Kappe nach hinten, als könne er so am besten die glattesten Hauswände hochklettern. Er rieb sich die Hände und schaute sich um. «Welches Fenster wollen wir zerdeppern? Vielleicht diese Terrassentür? Das lohnt sich wenigstens.»

«Moment!», sagte Paula. «Keine Scherben, ja? Das kann ich schließlich auch!»

«Wenn das alles ist», sagte Strubbelhaar und hörte auf zu grinsen. Er griff in seine Hosentasche und holte seine Geldbörse heraus.

«Los, zur Haustür!»

Sie liefen um das Haus herum und bauten sich vor der Haustür auf.

«Habt ihr abgeschlossen?», fragte Strubbelhaar.

Paula überlegte. Hatten sie abgeschlossen? Es kam ihr vor wie vor hundert Jahren.

«Keine Ahnung», murmelte sie. «Ich glaub nicht.»

«Hoffentlich», meinte der Junge.

Er machte eine Handbewegung, und die Tür sprang auf. Mit einer Verbeugung trat er zur Seite. «Bitte sehr, die Dame! Immer zu Ihren Diensten!»

Der Runde pfiff wieder vor sich hin. «Das ging diesmal aber besonders locker! Lass es uns doch mal da drüben versuchen, wo der Jaguar vor dem Haus steht ...»

Paula schluckte. Was war das? Konnte er zaubern oder was? Sie starrte den Jungen an, als müsste sie in drei Sekunden alle seine Sommersprossen zählen.

«Nicht schwer», lachte er und hielt ihr eine Telefonkarte vor die Nase. «Also beim nächsten Mal: nicht verzagen, Kalle fragen!»

Gerade wollte Paula sich bedanken und irgendeinen blöden Spruch sagen, da sah sie, wie zwei Jungs den Plattenweg entlangschlenderten. Ihr Herz tat einen Satz und schien dann stehen zu bleiben.

Elias und Fynn. Einen Moment zögerten die beiden, als sie Paula mit den drei Jungs vor dem Haus stehen sahen, dann gingen sie schnell weiter und schauten nicht herüber.

O nein!, stöhnte Paula innerlich. Das musste ja sein! Was würde Elias von ihr denken? Paula sah den beiden nach und schaute dann den wartenden drei Flensburgern ins Gesicht.

«Also, danke!», brachte sie hervor.

«Gerne doch!», sagte der Runde stolz und stieß Strubbelhaar in die Seite. «Nächstes Mal fliegt vielleicht dein Wellensittich weg. Dann klopf bei uns an!»

«Haus Nummer zwölf, genau da vorne», sagte der erste Junge und drehte seine Kappe wieder zurück. Er wies zum Haus schräg neben ihnen.

«Okay», sagte Paula. Mehr fiel ihr nicht ein. Ihr Kopf war wie vernagelt auf einmal. Sie starrte auf die Grübchen des Jungen und dachte angestrengt nach.

«Genau», meinte Strubbelhaar und fing wieder mit dem Grinsen an, «man sieht sich.»

Und schon sprang er über das Geländer und lief quer über den Rasen. Die beiden anderen folgten ihm.

Paula sah ihnen nach. Dann gab sie sich einen Ruck und ging ins Haus.

Sie sollte sich freuen. Endlich konnte sie ins Bad und sich umziehen und sich hinlegen und …

Langsam ließ sie die Tür ins Schloss gleiten. Warum war nur alles so verzwickt? Warum mussten Elias und Fynn gerade in dem Moment um die Ecke biegen? Was dachten die jetzt nur?

Paulas Kopf war auf einmal schwer und leer zugleich. Und während sie die Treppe hochging, beschloss sie, nicht mehr an Elias zu denken. Nie mehr! Ich kümmere mich jetzt nur noch um mich!, dachte sie grimmig und betrat ihr Zimmer.

Zwei allein zu Haus

Aus dem Schrank holte Paula frische Sachen und ein Paket Slipeinlagen, warf Maxies Jacke in die Ecke und schloss sich im Bad ein. Endlich allein! Endlich ein Wasserhahn, eine Toilette und eine frische Unterhose.

Neugierig zog sie Jeans und Slip aus und war fast ein wenig enttäuscht. So viel Blut war das ja gar nicht! Der Slip war zwar durchweicht von einer bräunlichen Farbe, aber die Jeans hatte nur genau in der Mitte was abbekommen. Und sie hatte gedacht, gleich läuft es ihr an den Beinen runter!

Schnell duschte Paula und zog frische Sachen an. Die Slipeinlage war eine Wohltat! Jetzt brauchte sie keine Angst mehr zu haben, dass jemand etwas sah.

Das angebrochene Bindenpaket legte sie einfach auf die Ablage. Es konnte ruhig jede sehen, welche Marke sie nahm, dachte Paula zufrieden. Und wenn die anderen kamen, würde sie erst einmal Judiths Handy ausleihen und zu Hause anrufen. *Du, Mama, ich hab Recht gehabt …* Da stockten Paulas Gedanken.

Sie hatte etwas gehört.

Eine Stimme.

Oder Schritte?

Paula stand auf dem kleinen Flur und horchte. Gerade wollte sie in ihr Zimmer gehen, da hörte sie es wieder.

Ein Geräusch, ganz eindeutig.

«Ist da jemand?», rief sie zaghaft.

Nichts.

Da war doch was. Ein Rascheln. Dann Schritte.

Paula spürte ein Rieseln auf ihrem Rücken. *O nein, Einbrecher!*, schoss es ihr durch den Kopf. Ich bin hier ganz allein, und in Jennys Zimmer sind Einbrecher! Hilfe!

Gerade wollte Paula die Treppe hinunterlaufen und Hilfe bei den mutigen Flensburgern aus Haus Nummer zwölf holen, da ging die Tür zu Jennys Zimmer auf.

Paulas Herz fuhr in einem Aufzug in den Keller.

Ein verwuschelter Kopf schob sich durch den Türspalt. «Wer ist da?»

Jenny. Ihre Stimme klang ängstlich.

«Hast du mich erschreckt!», entfuhr es Paula. Erleichtert hielt sie sich am Treppengeländer fest.

«Und du mich erst!», sagte Jenny unwirsch. Doch dann grinste sie. «Bin ich froh, dass *du* es bist!»

«Geht mir genauso», sagte Paula verlegen.

Eine Pause entstand. Dann fiel Paula ein, dass die ganze Einbrecher-Nummer eigentlich überflüssig gewesen war. Vorwurfsvoll knurrte sie: «Wieso hast du nicht aufgemacht?»

«Wieso? Wann?», fragte Jenny verwirrt.

«Vorhin! Wir sind schon eine ganze Weile hier und haben auf dich gewartet!» Paulas Stimme zitterte auf einmal.

«Gewartet? Habt ihr denn geklingelt?»

Paula stockte. Geklingelt? Hatten sie geklingelt? Nein, hatten sie nicht. Warum eigentlich nicht, verflucht? Sie hatten auf Jenny gewartet. Auf die Idee, dass sie schon ganz gemütlich drinnen sein könnte, war keine gekommen.

«Wir haben unten auf der Terrasse auf dich gewartet», murrte Paula und umging das Klingelthema damit.

«Ich hab euch nicht gehört, tut mir Leid», erwiderte Jenny. «Hab mich ein bisschen hingelegt. Hättet ihr geklingelt ...»

«Egal», sagte Paula unwirsch. «Wieso bist du eigentlich schon hier?»

«Ich bin eher nach Hause gegangen», meinte Jenny gelangweilt und zog sich die Haare glatt. «War das albern da draußen im Nichts! Außerdem bin ich fast verdurstet. Und du? Wo sind die anderen?»

Paula winkte ab. «Lange Geschichte! Jetzt muss ich erst mal was trinken!»

Damit marschierte sie die Treppe hinunter in die Küche. Sie hörte, wie Jenny hinter ihr herkam.

Auch das noch! Was konnte man denn mit Jenny reden, die doch immer eine coole Antwort parat hatte? Paula hatte jetzt eher Lust darauf, sich auszuruhen und mit den anderen zu reden über – ja worüber? Über die Tage? Über Jungs?

Beide standen in der Küche und schwiegen. Paula goss sich Limo ein und schob Jenny die Flasche rüber. Dann hoben beide zufällig gleichzeitig das Glas und, weil es nun schon einmal so war, prosteten sich zu und grinsten verlegen.

Schließlich erzählte Paula, wie sie entdeckt hatten, dass keine von ihnen einen Schlüssel dabeihatte und die anderen drei Jenny suchen gingen. Dann erzählte sie von den Flensburger Jungen und dem Trick mit der Telefonkarte. Am liebsten hätte sie auch davon erzählt, dass sie soeben ihre Tage bekommen hatte, doch bestimmt würde Jenny sich lustig machen. Herzlichen Glückwunsch, du Baby, würde sie kreischen und dann damit angeben, welche Erfahrungen sie schon hätte. Nein danke, das wollte Paula sich nicht anhören. Also schwieg sie, trank und sah aus dem Fenster.

Schließlich fing Jenny an zu reden. Sie sagte, wie froh sie sei, endlich ein bisschen Ruhe zu haben und dass sie hundemüde wäre nach dieser kurzen Nacht.

«Na ja, und noch vielen Dank übrigens für das Alibi gestern vor den Lehrern», murmelte sie und schob ihr Glas auf dem Tisch hin und her.

Paula schaute überrascht auf. Da war ein Ton in Jennys Stimme, den sie nicht kannte. Ihr fiel wieder der große Teddy ein, den Jenny gestern Nacht im Arm gehalten hatte. Und jetzt sah sie mit den verwuschelten Haaren ebenso klein und schutzlos aus. Vielleicht konnte Jenny auch ganz anders sein als die zickige Pute, die nur Augen für Jungs hatte? Paula sah auf Jennys Hände, die das Glas immer weiter auf dem Tisch hin und her schoben. Plötzlich tat sie ihr Leid.

«War doch klar», meinte sie versöhnlich.

Wieder schwiegen beide eine Weile.

«Wo suchen die mich denn?», fragte Jenny dann und kippte den Rest Limo runter.

«Bei dem Typen von gestern natürlich», sagte Paula. «Der hat dich ja ganz schön betrunken gemacht.»

«Pah!», machte Jenny schnippisch «Das war doch nichts! Der ist wenigstens erwachsen im Gegensatz zu euch Kindern!»

Da war sie wieder, die alte Jenny. Paula stellte ihr Glas ins Spülbecken und brummte etwas von ausnutzen und fieser Kerl, doch Jenny lachte nur und meinte, sie würde sich ja anhören wie ihre Mutter, wenn die mal wieder betrunken war.

Paula erstarrte. So war das also. Wenn die mal wieder betrunken war.

Plötzlich empfand Paula ein überwältigendes Gefühl von Fürsorge und Mitleid für Jenny. Doch die war schon aufgestanden und stolzierte quer durchs Wohnzimmer. Mit einer Hand fuchtelte sie wild in der Luft herum, sie torkelte unsicher und keifte mit der Stimme einer betrunkenen Frau. «Jennylein, lass die Kerle in Ruh, sonst hängen sie dir nur was an, Jennylein, meine Kleine – pah!» Jennys Stimme wurde wieder zu ihrer eigenen. «Davon hab ich genug! Raushalten soll sie sich aus meinem Leben, basta!»

Paula stand noch am gleichen Fleck in der Küche. Sie wusste nicht mehr, was sie sagen oder tun konnte.

Zum Glück erschienen gerade in diesem Moment drei Gesichter vor der Terrassentür, und sechs Hände klopften wie wild gegen die Scheiben.

«Aufmachen!», riefen drei Münder gedämpft. «Sofort aufmachen!»

«Ha!», machte Jenny mit einem bitteren Ton in der

Stimme. «Da sind ja unsere drei Ausreißer.» Sie trat an die Fensterscheibe, winkte wie ein kleines Kind und rief: «Wollt ihr etwa rein?»

Die Mädchen-Arche

Schnell öffnete Paula die Tür, und Maxie, Judith und Nevin ließen sich außer Atem auf das Sofa fallen.

«Wasser!», meinte Maxie nur und hielt Paula einen unsichtbaren Becher entgegen wie ein Verdurstender in der Wüste.

Jenny brachte Limo, Wasser und Milch und dazu drei Gläser. Dann holte sie noch den Becher von Paula und ihren eigenen. Schon saßen die vier um den runden Sofatisch, tranken und schwiegen. Jenny stand an der Terrassentür und hielt ihren Becher.

Judith war die Erste, die sich genügend erholt hatte.

«Wo kommst *du* denn her?», fragte sie und sah Jenny unfreundlich an. «Wir haben dich überall gesucht, und du sitzt hier gemütlich mit Paula in der Küche und trinkst Limo. Das nenn ich ungerecht!»

«Ich nenn das unfair», setzte Maxie eins drauf. «Wir rennen durch die Gegend …»

Paula sah Jenny an. Wer war sie jetzt? Die Betrunkene von gestern Abend? Die Zicke? Die schutzlose Kleine mit dem Teddy? Offenbar musste man bei Jenny auf alles gefasst sein.

Überraschenderweise blieb Jenny ganz ruhig.

«Hey», sagte sie. «Warum sucht ihr mich überall? Mein Zuhause ist doch hier. Warum habt ihr nicht mal geklingelt? Dann hättet ihr mich sofort gefunden.»

Maxie, Judith und auch Nevin sahen sich an.

«Stimmt», meinte Nevin. «Wir dachten ja …»

«Ihr denkt zu viel, so viel steht fest», schnitt Jenny ihr kühl das Wort ab.

Maxie fand als Erste ihre Sprache wieder. «Also», meinte sie und hob feierlich ihren Becher hoch. «Es gibt was zu feiern, meint ihr nicht?» Hier zwinkerte sie Paula zu.

Paula merkte, wie ihr Gesicht rot anlief. Meinte Maxie, dass sie ihre Tage bekommen hatte, war ein Grund zum Feiern? Beinah war es Paula peinlich, so im Mittelpunkt zu stehen, hier, wo alles wieder so normal und alltäglich war. Draußen im Watt, da war das irgendwie anders gewesen. Eine unwirkliche Situation, eine Ausnahme. Aber hier? Außerdem war Jenny dabei, und die hatte doch keine Ahnung!

In dem Moment stieß Maxie mit ihrem Limoglas gegen Paulas Becher und rief: «Genau! Das machen die …»

«… Navajos genauso!», brüllten die Mädchen im Chor.

Damit war das Eis gebrochen. Alle prosteten Paula zu.

«Viel Glück und viel Segen», fing Judith an zu trällern, bis sie merkte, dass dieses Lied vielleicht doch nicht so passend war.

Jenny sah von einer zur anderen.

«Darf man wissen, wer heiratet?», fragte sie.

«Niemand», lachte Nevin, «es ist nur …» Fragend sah sie zu Paula rüber.

Gerade wollte Paula energisch mit dem Kopf schütteln,

da rief Maxie bereits mit gut gelaunter Stimme: «Paula hat ihre ersten Tage! Und das mitten im Watt. Ist das nicht Grund genug?»

«Soso.» Jenny nickte mit Kennermiene und grinste gewollt fröhlich zu Paula rüber. «Verstehe. Deshalb bist du nicht mit, um mich zu suchen.»

Das war alles. Nichts von wegen Baby und herzlichen Glückwunsch, endlich aus den Windeln raus oder so. Paula atmete erleichtert auf. Sie trank einen Schluck und lehnte sich zurück. Jetzt wusste es auch Jenny.

Nevin und Maxie wollten wissen, wieso sie im Watt ertrunken sein sollten, wie drei fremde Jungen behauptet hatten, als sie auf ihre eigene Terrasse stürmten, um den Balkon zu erklimmen.

Paula setzte sich auf. «*Was* haben die gesagt?»

«‹Seid ihr die Armen, die im Watt ertrunken sind?›, hat ein Dicker gekichert», meinte Maxie. «Und als wir blöde geguckt haben, meinte der mit den Sommersprossen, dass da eine von uns drin ist, weil er ihr die Tür mit einem Dietrich geöffnet hat!»

«Spinner!», rief Paula. «Maßlos übertrieben!»

«Und der mit der Kappe meinte, wir müssten ihnen ein Bier ausgeben heute Abend. Sie würden dann mal vorbeikommen.»

«Kommt nicht in die Tüte!», rief Paula. «Keine Männer mehr hier im Haus, okay?»

Maxie und Judith sahen nicht begeistert aus.

«Die waren doch ganz süß», maulten sie und meinten, dass Paula sich nicht so anstellen sollte. Es gäbe noch hunderttausend nette Jungs auf der Welt.

Doch Paula wollte keine hunderttausend Jungs. Nicht mal hundert wollte sie. Sie wollte nur einen, und der warf einer großen Blonden wilde Blicke zu und ließ sie sein Hemd halten. Nein danke. Keine Jungs!

Paula schwieg. Sie starrte nur böse auf ihr Limoglas und wusste plötzlich nicht, wie sie das Schweigen, das nun eingetreten war, wieder brechen konnte.

Da erhob Maxie sich und sagte feierlich: «Also, bei den – lacht jetzt bitte nicht! –, bei den Navajos kommen die Mädchen, die ihre ersten Tage kriegen, in eine Frauenhütte. Da treffen sie andere junge Mädchen, ich hab euch das ja schon mal erzählt. Ich finde, wir sind jetzt so eine Hütte. Wenigstens heute! Wir sind alles Mädchen und feiern das jetzt mal gebührend!»

Als Erste klatschte Judith. «Hey hey!», rief sie. «Hoch mit uns Mädchen! Zicke – zacke – hoch – hoch – hoch!»

Paula und Maxie stimmten zögernd mit ein, während Nevin begeistert auf den Sessel hopste und ein Tuch über dem Kopf schwenkte. Nur Jenny schwieg und grinste vor sich hin.

Plötzlich erstarrten alle.

Draußen auf der Terrasse war deutlich ein unterdrücktes Lachen zu hören.

Die Mädchen drehten die Köpfe und sahen drei Gesichter, die sich an der Scheibe die Nasen platt drückten. Mit einem Aufschrei stürmte Maxie zur Terrassentür und zog die Vorhänge zu. Die drei Gesichter verschwanden. Eines davon hatte unverkennbar eine Million Sommersprossen.

«Da hast du drei von deinen hunderttausend netten Jungs!», sagte Paula triumphierend.

«Nein», erwiderte Judith gelangweilt, «das waren drei vom Rest.» Dann sah sie die anderen bedeutungsvoll an. «Und was *essen* wir jetzt?»

«Du meinst, wer *kocht* jetzt?», ergänzte Maxie finster.

«Du meinst, wer kauft jetzt ein *und* kocht», fügte Nevin hinzu.

Alle vier sahen Jenny an.

Die sah sich um.

Da lachten sie alle wieder und berieten, wer mit Jenny zum Supermarkt ging, wer inzwischen den Tisch deckte, und wer schon mal das Wasser für die Spaghetti aufsetzte. Denn dass es wieder auf Spaghetti hinauslaufen würde, war allen klar. Wer hatte schon Lust, jetzt noch großartig ein Rezept auszusuchen und Experimente zu starten nach solch einer ätzend langen Wanderung?

«Heute aber mal mit Käsesoße! Das wird ja sonst langweilig», rief Paula. «Und vergesst nicht den Nachtisch. Ich wünsch mir Erdbeereis.»

«Du wünschst dir Nachtisch?», protestierte Jenny. «Hast du etwa Geburtstag?» Doch dann grinste sie Paula an.

Paula grinste zurück.

«So was Ähnliches», sagte sie schlicht und holte schon mal die Eisschüsseln aus der Küche.

Eine Stunde später saßen die fünf Mädchen an einem feierlich gedeckten Tisch. Teelichter brannten zwischen den Tellern, die Spaghetti dampften, die Käsesahnesoße verströmte köstlichen Duft, kleine rote Rosen vom Beet draußen am Weg standen in Wassergläsern auf dem weißen Tischtuch, das eigentlich ein riesiges Strandlaken war, und auf jedem Teller stand eine gefaltete rote Papierserviette in der Form eines Schmetterlings.

«Halt!», rief Judith gebieterisch, als alle sich auftun wollten. «Ein Foto! Diesen Tag müssen wir festhalten.»

Sie rannte die Treppe hoch und kehrte mit ihrer Kamera zurück. Nun wurden die verrücktesten Fotos geschossen. Der gedeckte Tisch. Die dampfenden Spaghetti. Paula, die rote Rosen vor ihr Gesicht hielt. Judith, die sich Spaghetti in den Mund fließen ließ. Nevin, die zwei Teelichter hinter Paulas Kopf hochhielt, während Maxies Zeigefinger auf Paula deutete. Jenny, die darüber einen Tampon baumeln ließ, den sie von irgendwo hergezaubert hatte.

«Hey!», rief Paula, die merkte, dass über ihrem Kopf etwas im Gange war. Die anderen kicherten wild und waren kaum zu bremsen. «Halt! Was habt ihr da? Her damit!»

Und sie schnappte nach dem Tampon und verbrannte sich dabei kurz an einem der Teelichter.

«Was soll das denn?», fragte sie grimmig und warf den Tampon auf den Tisch. Dort rollte er gegen die Soßenschüssel und blieb liegen.

«Irgendwie muss man doch symbolisieren, worum es geht», meinte Maxie wissenschaftlich.

«Genau», ergänzte Judith. «Oder soll ich mal eben eine *always* runterholen?»

Paula guckte angeekelt. «Ich nehm doch keine *always*», sagte sie wegwerfend. Dann brach sie prustend in Gelächter aus. «Wünscht sich ein kleiner Junge zum Geburtstag ... wisst ihr noch?»

Die Mädchen kreischten auf vor Lachen. Nur Jenny wusste nicht Bescheid. Also wurde ihr der Witz noch einmal haarklein erzählt.

Als sich alle wieder beruhigt hatten, ging jede zu ihrem Stuhl, setzte sich feierlich, und das Essen konnte losgehen.

Paula hatte das Gefühl, dass ihr Spaghetti noch nie im Leben so gut geschmeckt hatten. Einfach köstlich! Kam das daher, dass sie so hungrig war? Oder sind die Geschmacksnerven empfindlicher, wenn man die Tage hat, überlegte sie. Schließlich sind vor und während der Tage eine ganze Menge Gefühle anders als sonst, so viel hatte Paula schon mitgekriegt.

Ob diese Gefühle auch die Liebe betreffen konnten? War man verliebter während der Tage, oder hörte man eher auf, sich zu verlieben? Und war man vielleicht eifersüchtiger?

Paula aß ihre leckeren Spaghetti und versuchte, Klarheit in ihre Gedanken zu bekommen. Egal, wie es war, beschloss sie schließlich, es war einfach unfair, eine große Blonde das Hemd halten zu lassen und nicht sie. Es war einfach gemein, mit einer großen Blonden das Schrittespiel zu laufen, wo er es doch vorher mit ihr gelernt hatte. Es war einfach oberfies, nicht mehr auf sie, Paula, zu achten. Damit basta!

Paula hob ihr Limoglas und prostete den anderen zu. «Schön, so ein Mädchenabend», sagte sie mit vollem Mund.

«Alles klar», sagte Maxie und prostete zurück. «Die Jungs können uns mal gestohlen bleiben, Dietrich hin oder her.»

«Pah! Von wegen Dietrich! Eine einfache Telefonkarte war das. Also aufgepasst: So leicht kann man hier reinkommen, wenn wir nicht abgeschlossen haben!»

Sofort sprang Nevin auf und schloss die Haustür mit ihrem Schlüssel ab. Den Schlüssel ließ sie im Schloss stecken. «Das ist doppelt sicher», erklärte sie zufrieden und nahm sich zum dritten Mal von den Spaghetti.

Als sie beim Nachtisch angelangt waren, nahm Maxie den Tampon. «Kann ich gut brauchen», murmelte sie. «Kann man mit reiten, schwimmen und Tennis spielen.»

Alle grölten wieder vor Lachen.

Da fiel Paula etwas ein.

«Du machst doch Vereinsschwimmen, nicht? Mit Wettkämpfen und so.»

Maxie nickte und schaufelte das Erdbeereis nur so in sich rein. «Gute Marke. Muss ich mir merken», murmelte sie.

Paula hakte nach. «Wie ist das dann, wenn du deine Tage hast?»

«Wie? Dumm ist das natürlich, weil man oft nicht so fit ist», sagte Maxie und nahm noch mehr Erdbeereis.

«Da musst du doch Tampons benutzen, oder? Sonst kannst du doch nicht schwimmen», sagte Paula. «Meine Schwester meint, Tampons sind total blöde. Sie kommt damit nicht klar. Wie machst du das denn?»

Maxie nickte. «Jaja, mit o.b.s kann man schwimmen, reiten … Aber Spaß beiseite. Es stimmt schon, ich musste es gleich beim ersten Mal raffen, diese Tampongeschichte. Aber nach drei Stunden hatte ich es raus ... äh, drin. Das war vielleicht ätzend. Und meine Mutter stand immer vor der Badezimmertür und hat von draußen Tipps gegeben. Ich fühlte mich ja so was von blöde! Aber ohne meine Mutter hätte ich das bestimmt nicht hingekriegt. Man muss nämlich ... na ja, vielleicht später», unterbrach sich Maxie und war tatsächlich ein bisschen rot geworden.

«Man muss nämlich was?», fragte Nevin da ganz interessiert.

«Wollen wir jetzt in die Einzelheiten gehen?», fragte Maxie missmutig.

«Wir haben noch den ganzen Abend Zeit», rief Judith da und wackelte mit einer Bierflasche vor Paulas Nase. Wo hatte sie denn die her?, überlegte Paula und versuchte sich zu erinnern, welche Biermarke in Elias' Tasche gelegen hatte.

«Ja genau! Lasst uns jetzt erst einmal auf unsere frische junge Frau, auf unsere Jungfrau anstoßen!», rief Jenny.

Paula stand auf. «Na hör mal», fauchte sie, «das mit der Jungfrau geht keinen was an, klar?»

«Sorry! War nicht so gemeint», sagte Jenny. Sie öffnete die Flasche, trank einen Schluck und reichte sie weiter. «Machen das die Navajo-Mädchen auch so?»

Maxie nahm sich die Flasche und trank. Dann erhob sie sich und sagte feierlich: «Die Navajo-Mädchen haben ein Recht auf Ruhe und Entspannung in der Menarche-Hütte. Sie ...»

«In der *was*?»› kreischte Jenny vor Lachen. «In welcher Arche-Hütte?»

«Menarche-Hütte», erklärte Maxie langsam. «Eine Hütte für die Menarche – das sind die allerersten Tage. Keine Arche!»

«Arche ist doch Klasse», unterbrach Paula. «Suchen wir nicht noch einen Namen für unser kleines Haus Nummer fünf? Wie wäre es mit *Arche*?»

«Vielleicht *Arche Noah*? Das ist doch blöd!», meinte Judith.

«Nein», rief Nevin aufgeregt, «*Arche für Mädchen*!»

«Genau», sagte Paula. «*Mädchen-Arche*. Das klingt besser als Menarche, und trotzdem ist das Wort darin versteckt.»

Mädchen-Arche. Alle probierten das Wort, als wäre es etwas zum Essen. Und es schmeckte ihnen, dieses Wort.

«Klasse!», rief Judith. «Aber dieser Name gilt nur unter uns, okay?»

Da nickten alle und grinsten. Klar, die anderen würden das Wort in der Luft zerfetzen, so viel stand fest.

Nur Jenny schaute nachdenklich vor sich hin, und Paula dachte, dass Jenny so eine Arche bestimmt zu Hause gut brauchen könnte. Doch sie schwieg und behielt diese Sache für sich.

Bodyguards und Asyl

Nach dem Essen ging Paula nach oben, um endlich die Slipeinlage zu wechseln. Wie oft musste man das wohl tun? Alle halbe Stunde oder dreimal am Tag? Paula hatte keine Ahnung. Als sie die Einlage aus dem Slip nahm, sah sie, dass es noch nicht unbedingt nötig war. Doch es fühlte sich angenehmer an, eine frische zu tragen.

Paula schaute in den Spiegel. Hatte sie sich verändert? Konnte man ihr ansehen, dass sie jetzt ihre Tage hatte?

Sie lächelte sich zu und strich sich die Haare nach hinten. Nein, natürlich nicht. Sie sah aus wie immer. Vielleicht würde Mama einen Unterschied feststellen. Ihrem aufmerksamen Blick entging doch nie etwas.

Bei dem Gedanken an ihre Mutter fiel Paula ein, dass sie doch unbedingt zu Hause anrufen wollte. *Ich hab Recht gehabt, Mama: Ich hab sie jetzt, meine Tage!* In einer ruhigen Minute leih ich mir Judiths Handy aus, dachte Paula und stellte sich vor, wie die Stimme der Mutter am anderen Ende überschnappte vor Staunen. *Tatsächlich? Du hast sie? Herzlichen Glückwunsch. Da hast du also doch das richtige Gefühl gehabt. Soll ich es Birte erzählen?*

Glücklich seufzte Paula laut und kniff sich in die Wangen. Kein Zweifel. Sie sah erwachsener aus. Eindeutig.

Beschwingt rannte sie die Treppe runter ins Wohnzimmer, wo sie fröhliche Rufe empfingen: «Du bist dran!»

«Womit?», fragte Paula überrascht.

Ging es etwa um den Abwasch?

Doch Judith klärte sie schnell auf. Die anderen hatten beschlossen, dass sie ihren gemütlichen Mädchenabend nicht trocken verbringen wollten. Und die einzige Bierflasche war längst ausgetrunken. Sie sollte eine Flasche Wein holen.

«Aber der Supermarkt hat doch längst zu», sagte Paula und dachte beklommen daran, dass Alkohol nun wirklich verboten war.

«Ha», lachte Maxie, «der Kiosk aber nicht! Schnell, schnell!»

«Aha», meinte Paula nur. «Und wieso ich?»

«Dreimal darfst du raten», sagte Judith und zog die Beine gemütlich aufs Sofa. «Du hast noch eine halbe Stunde Zeit bis zur Ausgangssperre.»

Paula sah in die Runde. «Und wer kommt mit?»

Jenny ließ sich vom Sessel gleiten und schritt übertrieben langsam zu Paula rüber. «Na gut», sagte sie gnädig, «aber nur, weil du dich im Dunkeln fürchtest.»

Paula schluckte ihre Widerworte hinunter. Lieber mit Jenny rausgehen als ganz allein. Außerdem sah Jenny wirklich erwachsen aus, ihr würde der Kioskbetreiber sicher eine Flasche Wein verkaufen. Schwungvoll öffnete Jenny bereits die Haustür und ließ Paula den Vortritt.

«Junge Frauen zuerst», grinste sie.

Paula trat in die Dämmerung.

Die Luft war feucht und kühl, nichts mehr war zu spüren von der Wärme, die noch mittags im Watt gebrütet hatte. Ein leichter Wind rauschte in den Büschen und Bäumen, und von manchen Terrassen kam Gelächter oder Musik herübergeweht.

Paula atmete tief ein. Irgendwie war die Welt trotz allem groß und schön, dachte sie und schaute kurz in Richtung von Haus Nummer zwei. Ob Elias jetzt bei der großen Blonden auf der Terrasse saß und mit Erdnüssen auf ihren lachenden Mund zielte?

Schnell schaute Paula auf den kleinen Plattenweg. Sie wollte sich die Laune nicht von diesem Blödmann verderben lassen. Nein, sie wollte jetzt eine Flasche Wein kaufen und auf sich stolz sein! Jawohl!

Sie ging neben Jenny und fragte sich, worüber sie sich jetzt wohl unterhalten konnten. Irgendwie wusste sie gar nichts über Jenny. Außer das mit der Mutter. Hatte sie Geschwister? Wo war sie zur Schule gegangen, bevor sie in ihre Klasse kam? Waren ihre Eltern vielleicht auch getrennt wie Paulas?

Jenny ging schweigend neben Paula her und schaute mal nach links, mal nach rechts.

«Suchst du jemand?», fragte Paula schließlich und war froh, dass ihr wenigstens diese Frage einfiel.

«Nö», sagte Jenny nur.

Dann blieb sie stehen.

Sie sah Paula an und sagte knapp: «Das mit meiner Mutter geht keinen was an, kapiert?»

Verwirrt nickte Paula schnell. «Klar», murmelte sie, «denkst du, ich erzähl das einfach allen?»

Jenny antwortete nicht, sondern ging zügig weiter.

Als sie um die Ecke zum Kiosk bog, blieb Paula entsetzt stehen. Leider waren sie nicht die Einzigen, die an diesem Abend noch schnell was kaufen wollten. Eine ziemlich lange Schlange stand vor dem Kiosk und wartete. Und leider waren da auch drei Jungs, die Paula jetzt nicht unbedingt treffen wollte. Der eine drehte seine Kappe nach hinten, als er Paula herannahen sah, der andere zog seine langen Shorts über die runden Hüften, und der dritte wischte über seine Million Sommersprossen, als müsste er sie eigens für Paula auf Hochglanz bringen.

«Hey», sagte Strubbelhaar, «lange nicht gesehen.»

«Ihr schuldet uns noch was», beeilte sich der Dicke zu sagen.

«Eine Runde. Oder zwei», fügte der dritte hinzu.

Paula wusste keine schlagfertige Antwort. Also lehnte sie sich gegen den Laternenpfahl, zuckte mit den Schultern und sagte nur: «Mal sehen.»

Doch das genügte Strubbelhaar nicht.

«Mal sehen? Wir kommen gleich nochmal vorbei. Aber da könnt ihr nicht einfach die Vorhänge zuziehen!»

«Genau!», sagte der mit der Kappe.

Jetzt schaltete sich Jenny ein.

«Moment», sagte sie schnippisch, «Termine für meinen Schützling vergebe ich. Mal sehen. Ja, genau, nächste Woche Dienstag um neunzehn Uhr wäre noch was frei, meinst du auch?»

Sie sah Paula fragend an und zog die Augenbrauen hoch. Paula musste grinsen.

«Geht in Ordnung», sagte sie in Jennys Ton.

«Hey, Lady, das geht dich gar nichts an», sagte der mit

der Kappe und pfiff zugleich leise durch die Zähne. «Tolle Frau, die da», murmelte er und drehte sich zu Strubbelhaar um.

Doch Strubbelhaar rief leise: «Wir kommen später nochmal vorbei! Und wehe, ihr macht uns nicht auf!»

Die Schlange rückte vor, die Flensburger waren dran.

«Wer waren *die* Freaks denn?», fragte Jenny, und Paula wollte gerade erklären, dass die drei ihr geholfen hatten, die Tür zu öffnen, als eine Gruppe von Schülern um die Ecke bog und lärmend vor dem Kiosk Halt machte.

Paula blieb das Herz stehen. Die 7a! Schnell drehte sie sich weg. Dann schaute sie noch einmal genau hin. Nein. Elias war nicht dabei. Fynn auch nicht.

Paula wusste nicht, ob sie erleichtert oder enttäuscht war. Wahrscheinlich beides. Wenn die beiden nicht bei der Gruppe waren, fragte sie sich, wo waren sie dann? Und wieder sah sie im Geiste die beiden auf einer Terrasse sitzen, Chips und Erdnüsse essen und Mädchen mit langen blonden Haaren heiße Blicke zuwerfen.

«He», Jenny zupfte sie am Ärmel. «Wir sind dran. Äh, eine Flasche Rotwein bitte», sagte sie dann zum Kioskbesitzer.

Der sah sie kritisch an. «Wein verkauf ich nicht an Jugendliche», sagte er dann knapp. «Nächster!»

«Halt», rief Jenny. «Und wie sieht's mit Bier aus?»

«Kein Alkohol an Jugendliche. Krieg sonst Ärger. Nächster!»

Inzwischen war sein Tonfall ungeduldig geworden.

«Komm», flüsterte Paula. «Los, gehen wir!», und zog Jenny vom Kiosk weg.

«Mist», schimpfte Jenny. «Der Supermarkt hat schon zu, oder?»

Ein Blick auf die Uhr ließ Paula aufstöhnen. Viertel vor zehn. Das war knapp. «Los, nach Hause!», drängelte Paula und zerrte Jenny in die andere Richtung.

Doch Jenny blieb versonnen stehen. Auf einmal begann ihr Gesicht zu strahlen. «Ich hab's!», sagte sie. «Los, hier lang!»

Sie wies den Plattenweg rechts hoch und begann zügig in die Richtung zu gehen. Paula trabte hinterher. Sie hatte keine Lust mehr, draußen rumzulaufen, mit tausend Blicken im Rücken von denen aus der 7a. Sie ging hinter Jenny her und schwieg. Wo war Elias? Dachte er an sie?

Inzwischen war die Dämmerung hereingebrochen. Die kleinen Laternen zwischen den Häuseranlagen gingen an, und auf dem Rasen lagen dünne Nebelschwaden. Paula stolperte über die Plattenwege und dachte an Elias, seine dunklen Augen, sein fröhliches Lachen und an sein Hemd in fremden Mädchenarmen.

Jenny schien nichts von Paulas Verzweiflung zu merken. Sie summte vergnügt vor sich hin und sagte schließlich: «Du wartest draußen. Wenn ich nicht nach drei Minuten wieder bei dir bin, holst du die Polizei.»

«Polizei?», fragte Paula entgeistert.

«Na ja, ich meine so einen Bodyguard oder so was, die laufen hier doch überall rum», ergänzte Jenny und blieb stehen.

Vage erkannte Paula das Haus. Es war die Nummer neun.

«Du willst doch nicht etwa …», rief sie entgeistert.

«Doch», nickte Jenny zufrieden, «ich hab da noch eine Rechnung offen. Bis gleich!»

Sie rannte die Treppe zur Haustür hoch und klingelte. Die Tür öffnete sich, Jenny rief etwas Exaltiertes wie: «Hallöchen, da bin ich wieder!», und verschwand im Inneren.

Paula stand auf dem Rasen und wartete. Damit sie auch nicht verpasste, wann die drei Minuten um waren, sah sie auf die Uhr. Langsam, ganz langsam kroch der Sekundenzeiger über das Ziffernblatt. Verdammt, Jenny, warum gehst du zu diesem Mistkerl!, rief es die ganze Zeit in ihr.

Plötzlich ging die Tür wieder auf. Jenny erschien auf der Veranda, knallte die Tür hinter sich zu und lief die Treppe hinunter auf Paula zu.

«Und?», fragte Paula. «Hat er dir was getan?»

«Der? Ha!», lachte Jenny. «Der war ganz klein mit Hut, als ich ihm gedroht hab. Hier, schau mal.»

Damit zog sie ihre Jacke ein wenig auf. Eine Flasche war zu sehen.

«Feinster Rotwein», sagte sie stolz. Dann schaute sie sich um und flüsterte: «Nichts wie nach Hause. Ist echt spät.»

Schnell liefen die Mädchen über die Plattenwege, erst links, dann rechts, dann geradeaus. Der Nebel lag inzwischen wie ein dickes weißes Tuch über dem Rasen, und das Licht der Laternen fiel darauf und wurde verschluckt. Auch die Amsel hatte ihren Gesang eingestellt.

Schließlich blieb Jenny stehen. Auch Paula hielt an und sah sich um.

«Verdammt», sagte sie, «wo sind wir hier überhaupt?»

«Müsste hier nicht der Supermarkt sein?», fragte Jenny.

«Und ich dachte, hier ist der Kiosk», sagte Paula matt.

Alle Wege, alle Lampen, alle Häuser sahen gleich aus.

«Na toll», knurrte Jenny und schob unauffällig die Flasche unter der Jacke höher. «Guck mal da hinten.»

Paula drehte sich um. Von der Seite näherten sich zwei uniformierte Gestalten.

«Der Sicherheitsservice!», flüsterte Jenny. «Los, zurück.»

«Wieso zurück?», protestierte Paula. «Die können wir doch fragen!»

«Können wir nicht!», zischte Jenny und deutete auf ihre Jacke. «Los, komm.»

Paula lief hinter Jenny her und dachte an die Bodyguards und was sie mit Schülern machten, die sie nach 22 Uhr erwischten, und was sie mit Schülern machten, die sie nach 22 Uhr mit Alkohol erwischten.

Doch so unauffällig waren sie anscheinend nicht, denn die Bodyguards blieben stehen und schauten herüber.

«Los!», rief Jenny gedämpft. «Wir gehen jetzt hier rein!»

Und schon standen sie auf einer Terrasse und klopften gegen die Glastür. Drinnen waren eine Menge Leute, doch niemand schien Jenny und Paula zu beachten. Gedämpfte Musik drang heraus.

Jetzt donnerte Jenny gegen das Glas. Das wirkte. Jemand kam und öffnete.

«Was wollt ihr?», fragte ein Mädchen.

«Asyl», sagte Paula eindringlich. «Wir gehen gleich wieder!»

Könnt ihr putzen?

Paula und Jenny standen in dem fremden Wohnzimmer und drückten die Tür zu. Geschafft! Erleichtert lehnten sie sich gegen die Wand und sahen sich um.

«Ach, ihr seid's!», sagte eine Stimme.

Gerade wollte Paula sich bedanken, als ihr die Worte im Hals stecken blieben. Ihre Hand krallte sich in Jennys Arm, und stumm starrte sie die große Blonde an, die Elias' Hemd so schwungvoll aufgefangen hatte.

«Unverhofft kommt oft!», sagte Jenny leichthin. «Habt ihr einen vernünftigen Schluck für uns, bevor wir hinaus ins Watt wandern, um der Morgensonne zu huldigen?»

«Was?», fragte die große Blonde nur und ging zum Tisch. Jetzt erst bemerkte Paula die Musik, die so laut war, dass man sich fast anschreien musste. Gleichzeitig lief in der anderen Ecke der Fernseher, jedoch ohne Ton.

Mindestens sechs Mädchen aus der Parallelklasse saßen wie die Sardinen auf dem Sofa, und einige Jungen hingen in den Sesseln und auf Stühlen. Alle starrten herüber. Paula sah sofort, dass Elias nicht dabei war. Wieder spürte sie Erleichterung und zugleich diesen dumpfen, traurigen Schmerz. Sie blickte zu Jenny hinüber und machte mit dem Kopf ein Zeichen zur Terrassentür.

Jenny nickte. Gemeinsam riefen sie: «Danke sehr und ciao! War nett bei euch!», und standen wieder in der Dunkelheit.

«Uff», stöhnte Paula. «Das hat mir gerade noch gefehlt. Jetzt aber nach Hause!»

«Ab in die Mädchen-Arche», sagte Jenny und schwenkte die Flasche vor Paulas Nase. «Das wird ein lustiger Abend.»

«Hauptsache, wir finden zurück», murmelte Paula. «Los, wir fragen jetzt den da.» Sie stupste Jenny aufmunternd in die Seite und wies auf die Gestalt, die vor ihnen auf dem Weg entlangschlurfte.

«Du meinst, *ich* soll den da fragen?», meinte Jenny.

Paula nickte. Sie fand, Jenny konnte das besser als sie selbst. Fremde Leute nach dem Weg fragen, war für Paula schon immer schwierig gewesen. Warum eigentlich?, fragte sie sich kurz. Dann richtete sie ihre Aufmerksamkeit auf die Gestalt, die nun kurz anhielt, um sich eine Zigarette anzuzünden.

«Okay», flüsterte Jenny, «aber das nächste Mal bist du dran!»

Sie gingen noch zwei Schritte weiter, dann rief Jenny: «Entschuldigung! Können Sie uns sagen, wie wir zum Supermarkt kommen?»

Die Gestalt drehte sich um. Zigarettenrauch umhüllte ihren Kopf, doch in der Dunkelheit konnte man ohnehin nichts erkennen.

«Supermarkt?», sagte der Mann, und seine Stimme kam den beiden Mädchen verdammt bekannt vor. «Der hat doch schon längst zu.»

«O ja, wie dumm», schaffte Jenny noch zu sagen, und schnell wollte sie Paula in die andere Richtung wegziehen. Doch die Stimme war schneller.

«Moment mal», sagte sie, «seid ihr nicht aus der 7c?»

Herr Botteblom kam näher. «Ah, Jenny und Paula», sagte er zufrieden, «wie schön, dich so wach zu sehen, Jenny. Wo wollt ihr denn jetzt noch hin?»

Paula kniff Jenny in den Arm vor Nervosität. «Wir», stammelte sie, «wir haben uns verlaufen.»

«Ja, das stimmt!», bestätigte Jenny. «Hier sieht alles so gleich aus. Wo ist denn Haus Nummer fünf?»

Herr Botteblom zog an der Zigarette und stieß Rauchringe in die Dunkelheit. «Tja», meinte er unsicher, «wenn ich das wüsste …»

«Wie – Sie auch?», fragte Paula.

«Nein, nein, ich mach nur meinen Abendspaziergang», wehrte Herr Botteblom ab. «Aber wo euer Haus nun ist, weiß ich gerade auch nicht. Wir können ja zusammen weitergehen.»

Das war den Mädchen recht. Auf diese Weise waren sie wenigstens sicher vor dem Sicherheitsservice. Zu dritt gingen sie zwischen den Rasenflächen und Büschen entlang, und irgendwann standen sie vor dem Supermarkt.

«Danke», sagte Jenny schnell, «jetzt wissen wir den Weg. Bis morgen!» Schon zog sie Paula fort.

«Du meinst, bis gleich», sagte Herr Botteblom sanft. «Frau Essigbaum und ich sind in ein paar Minuten bei euch. Zum Gute-Nacht-Sagen.»

Jenny und Paula liefen den Weg entlang.

Die kleinen Laternen ließen ihre Schatten groß und

wieder klein werden, und ohne dass Paula es wollte, musste sie daran denken, wie im Leben die Dinge mal groß und mal klein aussahen. Die Probleme. Die Gefühle. Die Menschen.

Mein Problem mit meinen ersten Tagen ist jetzt irgendwie geschrumpft, dachte sie. Und mein Problem mit Elias ist eindeutig gewachsen.

Leise stöhnte Paula auf. Gestern Abend noch war sie so glücklich gewesen! Sie hatte kaum einschlafen können wegen dieses großen Glücksgefühls, das ihr Herz zum Platzen hätte bringen können. Und heute? Heute war das Gefühl ein Bleigewicht, ein Stein, ein Klotz.

Als sie endlich ihre Mädchen-Arche erreichten, meinte Maxie, sie wollte gerade den Rettungsdienst alarmieren, während Judith beteuerte, dass ein Suchtrupp von mindestens zwölf Jungen unterwegs wäre.

«Wieso zwölf Jungen?», fragte Paula. Ein einziger hätte ihr genügt.

«Weil aus zwei verschiedenen Häusern welche hier waren, das macht zwölf, wenn sie den Rest ihres Hauses alarmieren», erklärte Nevin.

«Zwei verschiedene Häuser?», fragte Jenny.

Paula bekam Gänsehaut. Ihr wurde schwindlig und zugleich kalt.

«Ja», sagte Judith nur. Mehr nicht.

Aha, dachte Paula. Zwei verschiedene Häuser. Flensburg und die 7a, ganz klar. Elias und Fynn. Natürlich. Und sie war nicht da. Logisch. Das musste ja so kommen. Am liebsten wollte Paula nichts mehr hören von den zwei verschiedenen Jungshäusern, doch Jenny wollte es genau wissen.

«Wer?», fragte sie. «Und warum?»

«Warum?», schnaubte Maxie empört. «Das willst du wissen?»

«Die einen wollten was», deutete Judith vorsichtig an, «und die anderen wollten auch was.»

«Rote Kuh spricht in Rätseln», warf Paula dazwischen und erntete einen Lachanfall.

«Weiße Feder will nicht wissen?», kreischte Maxie. «Am Verhungern sind sie! Futter wollten sie! Aus der Hand hätten sie uns gefressen. Aber wir blieben hart wie ein Fels.» Sie schlug sich mit der Faust auf die Brust.

«Die einen, ja», meinte Nevin vorsichtig. «Die anderen wollten ihre Belohnung abholen.»

Die Flensburger, ganz klar. Strubbelhaar und Konsorten. Das war uninteressant. Viel eher wollte Paula wissen, ob die einen tatsächlich aus Haus Nummer zwei waren. Elias. Er war hier und hat nach ihr gefragt.

«O ja, die einen waren äußerst hungrig. Aber wir waren beinhart und haben ihnen geraten, sich doch woanders was zu futtern zu holen», sagte Judith.

«Wie?», murmelte Paula verwirrt. «Woanders? Wer? Wieso?»

«Kommt doch erst einmal rein», meinte Maxie und zog die Mädchen zum Tisch.

«Tut uns ja Leid», fing Jenny an, «aber es gibt keinen Wein. Nicht für Jugendliche. Basta.»

«Stimmt», pflichtete Paula bei.

Ein Raunen der Enttäuschung ging durchs Zimmer.

«Aber ihr könnt euch glücklich schätzen, dass ihr mich dabei habt», fuhr Jenny fort, lächelte und öffnete ihre Jacke. «Überraschung!»

Damit holte sie die Weinflasche unter der Jacke hervor.

«Ich denk, der Supermarkt hat längst zu», sagte Maxie.

«Tja», meinte Jenny nur und hüllte sich in Schweigen.

«Na? Woher?», wollte auch Judith wissen.

«Persönliche Rache», murmelte Jenny und schenkte jeder einen Schluck ein.

Die Mädchen sahen einander bedeutungsvoll an. Das konnte nur eines heißen.

«Erzähl!», sagte Judith schließlich und hob ihr Glas.

«Auf die Mädchen-Arche!», sagte Jenny und stieß mit allen an. Sie trank mit einem Zug ihr Glas leer und knallte es auf den Tisch. «Okay. Ich war bei ihm und hab ihm die Flasche gemopst. So einfach ist das.»

Die anderen Mädchen staunten. Doch bevor Jenny so richtig loslegen konnte mit ihrem Bericht, klingelte es an der Tür.

«Die Lehrer!», rief Paula. Wie konnten sie die nur vergessen?

Alle sprangen auf, Paula und Judith trugen die Weingläser in den Schrank, schließlich konnte man den Wein doch nicht einfach wegschütten, Jenny stellte die Weinflasche hinters Sofa, Nevin zog die Tischdecke glatt, und Maxie flitzte zur Tür.

Wieder kamen die Lehrer ins Wohnzimmer, setzten sich und fingen eine harmlose Unterhaltung an. Wie die Wattwanderung gewesen war, was sie heute Abend zu essen gehabt hatten und dass sie nun wirklich nicht nach

22 Uhr draußen rumlaufen durften. Dann kündigten sie ihren Besuch für den übernächsten Abend zum Essen an und fragten interessiert, was es wohl geben würde.

«Steht noch nicht fest», sagte Judith. «Wir sind da spontan und kreativ.»

Frau Essigbaum zog die Augenbrauen hoch. «Hoffentlich nicht zu sehr», murmelte sie.

Herr Botteblom meinte, er würde am liebsten Rotbarschfilet in feiner weißer Soße essen, dazu grünen Salat mit geschmorten Pilzen. Ob sie das einrichten könnten?

«Wollten Sie nicht Forelle blau haben?», fragte Maxie.

Frau Essigbaum sah ungeduldig auf die Uhr.

«Wir müssen weiter», mahnte sie und erhob sich. «Ach, und morgen trifft sich die 7c in eurem Haus zur Lagebesprechung. Aber erst um zwölf Uhr!»

Dann verabschiedeten sich die beiden, und die fünf Mädchen atmeten auf.

«Puh, das ging nochmal gut», flüsterte Nevin, die Blut und Wasser geschwitzt hatte.

«Ach», meinte Jenny wegwerfend, «was soll schon passieren? Meinst du, die Lehrer durchsuchen unsere Schränke?»

Alle holten ihre Gläser und die Flasche wieder hervor und sahen Jenny erwartungsvoll an.

Die jedoch tat so, als wüsste sie von nichts. «Was ist denn?», fragte sie. «Was wollt ihr denn von mir?»

«Wir haben dir beim Kochen heute Abend geholfen. Nun bist du mal dran. Rück raus mit deinen Geheimnissen.»

Jenny drückte sich tiefer in den Sessel. Maxie schenkte

Wein nach. Paula ließ die Erdnussschale kreisen und dachte daran, dass sie immer noch nicht wusste, ob es nun Elias war, der hier etwas zu essen haben wollte. Wie konnte sie jetzt noch danach fragen, wo alle so Großartiges von Jenny erwarteten?

Jenny ließ sich Zeit.

Sie trank den Wein wieder sehr schnell und bekam schon rote Wangen, als sie schließlich meinte, dass dieser Idiot – «Du meinst den braun gebrannten Kerl?», fragte Judith dazwischen – ihr erzählt hatte, er würde Models für seine Agentur suchen und von ihr ein paar Fotos schießen.

«Und die hat er natürlich nicht gemacht!», stellte Maxie zufrieden fest.

«Was hat er denn gemacht?», wollte Nevin wissen.

«Na, jedenfalls keine Fotos», sagte Jenny mit bitterem Lachen. «Ich bin ja auch so blöde! Ich hab tatsächlich diesem Hirni geglaubt und gedacht, dass ich ein paar Mark verdienen könnte. Ich find schon, dass ich eine klasse Figur hab, oder?»

Die anderen nickten zustimmend. Das stimmte schon, Jenny sah gut aus. Aber Model?

«Also, ich dachte wirklich, der will mich entdecken. Er hat mir so eine Karte gegeben, als wir aus dem Bus gestiegen sind, und das fand ich ganz schön spannend. Spannender jedenfalls als so eine öde Klassenfahrt mit diesen Milchgesichtern.»

Jenny erzählte, wie sie zu der Verabredung am See gegangen war und später zu ihm nach Hause, um Fotos zu machen. Doch davon war dann keine Rede gewesen. Seinen Mitbewohner hatte er weggeschickt und Wein aus dem Kühlschrank geholt. Nach dem dritten oder vierten Glas hatte er angefangen, aufdringlich zu werden.

«Und dann sind wir gekommen», sagte Judith stolz. «Warst du uns nicht dankbar?»

«Keine Ahnung», murmelte Jenny.

«Wie auch», meinte Paula trocken. «Warst ja völlig blau.»

«Völlig blau?», lachte Jenny auf, und das Lachen hatte etwas Schrilles. «Da müsstet ihr mal meinen Vater sehen, dann wüsstet ihr ...»

Ihre Stimme erstarb. Sie biss sich auf die Unterlippe und starrte auf den Fußboden.

Die anderen Mädchen schwiegen.

Der Vater also auch, dachte Paula. Was konnte man jetzt noch sagen? Sie hatte große Lust, auf die Terrasse zu gehen und in den Sternenhimmel zu schauen. Doch sie traute sich nicht aufzustehen. Bestimmt würde das Jenny verletzen.

«Ach», ertönte Maxies Stimme auf einmal, «halb so schlimm. Meine Mutter hat meinen Vater rausgeworfen, als es zu schlimm wurde mit ihm. Sie hat ihm quasi die Mokassins vors Wigwam gestellt. Schluss aus vorbei.»

Niemand lachte.

Paula fühlte sich unbehaglich. Sie wollte nicht an die Eltern denken. Sie wollte auch nicht an ihren Vater denken, der im letzten Jahr ausgezogen war, und nicht an die Auseinandersetzungen, die es zwischen ihm und ihrer Mutter vorher gegeben hatte. Sie wollte endlich wissen, ob es Elias war, der hier gewesen war und insgeheim nach ihr gesucht hatte. Aber wie konnte sie jetzt, nach den dramatischen Eröffnungen der anderen, auf dieses Thema kommen?

Plötzlich klopfte es an der Terrassentür. Dreimal. Dann versuchte jemand, die Tür zu öffnen.

Da jedoch die Vorhänge zugezogen waren, konnte niemand wissen, wer draußen war.

Judith sprang auf. «Ich lauf mal nach oben und schau vom Balkon runter», flüsterte sie und lief schon die Treppe hoch.

Wie im Traum stand Paula auf und folgte ihr.

Unten standen zwei Gestalten und versuchten, ins Haus zu spähen.

Elias und Fynn. Kein Zweifel.

Judith legte den Finger auf die Lippen. Paula starrte nach unten und wusste nicht, was zu tun war.

«Wir lassen sie ein bisschen zappeln!», zischte Judith und beugte sich übers Geländer.

«He, wir pennen schon», rief sie runter. «Was ist denn noch?»

«Was? Kann nicht sein!», rief Fynn. «Wir brauchen was zu beißen. Wir sterben vor Hunger!»

«Warum kauft ihr euch auch so viel Junk Food?», rief Judith.

Plötzlich erinnerte sich Paula an etwas. Etwas, das mit hungrigen Jungs zusammenhing. Birte!, schoss es ihr durch den Kopf. Was hatte Birte gesagt auf dem Weg zum Bus? *Sind die Jungens knapp bei Kasse, haben sie im Putzen Klasse!* Putzen?, dachte Paula. Schnell schob sie ihren Kopf neben Judiths. Sie hatte da so eine Idee.

«Kommt morgen früh wieder», sagte sie möglichst lässig, «da könnt ihr euch was verdienen!»

Judith sah Paula fragend an. Aber die nickte ihr nur zu und rief noch: «Aber nicht zu früh, verstanden? Könnt ihr putzen?»

Von unten ertönte ein Geräusch, als würde sich jemand übergeben.

«Putzen?», fragte einer der beiden gequält. «Ihr meint abwaschen und so ein überflüssiges Zeug?»

«Ja, genau», sagte Paula voller Triumph und lief die Treppe runter.

«Lasst alles stehen und liegen, morgen kommt eine Putzkolonne», rief sie fröhlich in die staunende Runde. «Und fegen und wischen brauchen wir auch nicht!»

Mädchen-Arche-Gespräche

Also war er es doch gewesen vorhin, dachte Paula zufrieden. Also war er nicht bei der Fete im Haus der großen Blonden. Oder doch?

Dann fiel Paula ein, dass die beiden ja noch auf der Terrasse stehen konnten. Ob sie noch einmal nachsah?

Schon flitzte Paula die Treppe wieder hoch und trat auf den Balkon. Auf der Terrasse unter ihr standen leere Stühle. Keiner da.

Langsam ging Paula zurück ins Zimmer und trat auf den Flur. Doch anstatt die Treppe wieder hinunterzulaufen, ging sie ins Bad. Dort stellte sie sich vor den Spiegel und betrachtete sich kritisch.

«Bin ich schön?», fragte sie den Spiegel. «Oder wenigstens hübsch?»

War man schöner, wenn man die Tage hatte?, dachte Paula zweifelnd. Ihre kurzen hellbraunen Haare hingen geschwungen über die Ohren, das Gesicht war gebräunt, die Wangen sogar rot von der Sonne im Watt, und die hellbraunen Augen sahen dunkler aus im Licht der Lampe. Geheimnisvoll? Viel versprechend?

Paula erforschte ihre Augen und kam zu dem Schluss, dass sie vielleicht nicht ganz so geheimnisvoll waren wie die von Elias. Aber das kam bestimmt daher, dass sie ihre Augen schon immer kannte und Elias' nicht.

Kurz entschlossen öffnete Paula ihre Kosmetiktasche und griff sich einen alten Lippenstift, den Birte einmal hatte wegwerfen wollen, und trug ihn auf ihre Lippen auf. Schon ganz anders. Viel erwachsener, fand Paula und beschloss, gleich morgen früh den Lippenstift wieder zu benutzen.

Ein letzter Blick in den Spiegel zeigte Paula ein hübsches, irgendwie strahlendes junges Mädchen. Wie um dies zu bekräftigen, bürstete sie ihr T-Shirt ab, streckte die kleinen festen Brüste heraus und ging gestärkt nach unten.

Dort waren die Mädchen gerade dabei, die Teelichter anzuzünden und die großen Lampen zu löschen.

«Jetzt wird's gemütlich», meinte Nevin und kuschelte sich in den Sessel.

Und es wurde gemütlich. Bei leiser Musik und einem Glas Wein, das Paula viel zu schnell in den Kopf stieg, beschlossen die Mädchen, ihren Mädchenabend zu genießen.

«Genau!», sagte Judith. «Apropos Mädchen: Sag mal, Paula, wie fühlt man sich denn so als Frau?» Dabei haute sie Paula auf die Schulter.

Paula zuckte zusammen. Was sollte sie jetzt sagen? Verwundert starrte sie Judith an.

«Na ja, stimmt», stotterte sie. «Wie war es denn bei euch?»

«Na los, erzählen!», rief Judith begeistert. «Wie waren eure ersten Tage denn so? Man kann ja noch lernen ...»

Maxie winkte ab. «Voll langweilig. Hab ich ja schon erwähnt, bei mir ist es in den Herbstferien passiert. Morgens auf dem Klo hab ich es gleich gemerkt und mich erst mal tierisch erschrocken. Aber das war eigentlich unnötig. Das bisschen Blut! Aber beim ersten Mal ist es eben noch so ungewohnt, stimmt's, Paula?»

Paula nickte zustimmend. «Ungewohnt und unheimlich», ergänzte sie.

Als die anderen sie ansahen und nicht weitersprachen, überlegte Paula und erklärte dann: «Na, unheimlich, weil dein Körper etwas tut, was du nicht stoppen kannst. Er macht es einfach, egal, was du willst. Das ist unheimlich.»

«Genau», meinte Nevin, «ich fand das auch unheimlich, als meine Tage zum ersten Mal kamen.»

«Wie das klingt», sagte Judith, «als ob jemand zu Besuch gekommen ist. Deine Tante oder so.»

Das fanden die anderen auch.

«Aber wie war es denn, als deine Tage kamen?», fragte Paula neugierig. Sie fand dieses Thema besonders spannend. Und wann kann man schon mal in Ruhe darüber reden, dachte sie, außer in der Mädchen-Arche?

Nevin nippte an dem Weinglas, das noch fast voll war.

«Also», begann sie zögernd, «ich war damals elf, aber ich wusste schon Bescheid. Die Frauen bei uns in der Familie sprechen öfter darüber, dass sie ihre Tage haben und sich vielleicht müde oder genervt fühlen. Meine Mutter hat dann oft Kopfschmerzen, und wenn ich weiß, dass sie ihre Tage hat, bringe ich ihr Tee oder einen kühlen Lappen für die Stirn, dann werden die Kopfschmerzen nicht so schlimm.»

«O Mann», stöhnte Judith, «ich will *nie* meine Tage bekommen!»

«Ach, halb so schlimm», lächelte Nevin. «An diesem ersten Tag damals waren wir irgendwo zu Besuch. Das war peinlich! Ich merkte, dass irgendwas mit mir nicht stimmte, und bin zum Bad gegangen. Als ich dann sah, was los war, bin ich erst mal eine Weile im Bad geblieben und hab überlegt, was ich tun sollte. Ich hatte Angst, zurück ins Wohnzimmer zu gehen und meiner Mutter zuzuflüstern, dass ich nach Hause wollte. Dann hätte sie bestimmt ganz laut vor allen gesagt: ‹Was ist denn, Kind, wir gehen noch nicht nach Hause!›»

«Was hast du getan?», fragte Paula. Sie konnte sich sehr gut vorstellen, wie Nevin sich gefühlt haben mochte.

«Als jemand ins Bad wollte, musste ich ja raus. Also hab ich ein Kilo Klopapier in die Unterhose gestopft und bin wieder ins Wohnzimmer gegangen. Aber das Papier verrutschte mit der Zeit, und nach einer halben Stunde hing es mir hinten am Gürtel.»

«Iih, wie gemein!», rief Maxie. «Und dann?»

«Dann musste ich was unternehmen. Es war erst Nachmittag, und meine Eltern wollten noch bis zum Abend bleiben und mit den Freunden zusammen einen Film sehen. Ich also wieder ins Bad, das Kilo Klopapier weggespült und heimlich ein bisschen im Schränkchen geschaut. Da stieß ich auf eine Packung Damenbinden. So dicke, wisst ihr, richtig eklig. Die hatten auch keine Folie drunter, nur einen Klebestreifen. Na ja, ich wusste ja aus der Fernsehwerbung, wozu die Dinger waren. Also hab ich mir einfach eine gemopst, wie Jenny so schön sagte.»

«Hehe», beschwerte Jenny sich, «ich hab noch nie eine Damenbinde gemopst, bitte schön!»

«Und du hast niemand gefragt? Gab es da kein Mädchen in der Familie?», fragte Judith.

«Doch, aber die war erst vier», erwiderte Nevin und lächelte fein. «Aber als wir dann abends nach Hause kamen, hab ich es meiner Mutter erzählt.»

«Und?», fragte Paula gespannt.

«Sie hat mich umarmt und geküsst, und als ich im Bett war, hat sie es meinem Vater gesagt. Der ist dann nochmal zu mir gekommen und hat mir auch gratuliert. Am nächsten Tag hat meine Mutter Slipeinlagen für mich besorgt. Sie selbst benutzt nämlich nur Tampons.»

Paula ließ sich gegen die Sofalehne sinken und dachte an ihre Mutter. Die würde mich jetzt auch umarmen und mich küssen, dachte sie und spürte so etwas wie Heimweh. Und ihr Vater? Wer würde es ihm erzählen?, fragte Paula sich. Doch bevor Paula weiter darüber nachdenken konnte, sollte Maxie erzählen, wie das mit den Tampons funktioniert.

«Da gibt es nicht viel zu erzählen», meinte Maxie. «Was soll ich da erzählen?»

«Egal», meinten die anderen. «Erzähl einfach.»

Maxie erzählte erst einmal von ihrer Mutter, die als junges Mädchen Tampons ausprobieren wollte. «Jaja, damit kann man reiten, schwimmen *und* Tennis spielen, ihr habt ja so Recht!», sagte sie lachend. «Aber es kann auch Probleme geben, nicht wahr? Also meine Mutter ...»

Alle lachten immer noch. Maxie nahm eine Hand voll Erdnüsse und warf sie den anderen ins Gesicht. «Ruhe, wenn Schneller Delfin spricht! – Meine Mutter ist ins Kaufhaus, wo man niemanden fragen muss, und hat sich alle Tampons angeguckt. Damit sie auch wirklich gute kaufte, nahm sie sich die *Super*. Hatte keine Ahnung, die Frau, dass das eine *Größe* ist! O Gott. Wir haben uns kaputtgelacht, als sie mir das erzählte. Sie ist also mit den *Super* nach Hause und kriegte sie auch irgendwie rein. Aber rein war nicht das größte Problem, sondern …»

«Raus!», kreischten die Mädchen. Der Wein schien seine Wirkung zu tun. Alle fühlten sich in Hochstimmung und von diesem Thema irgendwie beflügelt. Seltsam, dachte Paula kurz, so ein toller Gesprächsgegenstand ist das doch gar nicht. Kurz fiel ihr Blick auf Jenny, die sich in den Sessel verzogen hatte und schwieg. Hatte sie gar nichts zu erzählen? Doch aus irgendeinem Grund traute Paula sich nicht, Jenny anzusprechen.

«Genau!», rief Maxie gerade triumphierend und hielt ihr Glas hoch. Judith schenkte nach. «Raus war das Problem. Besonders wenn man wie meine Mutter denkt, dass so ein Tampon hundert Jahre drinbleiben kann!»

«Hundert Jahre?», fragte Nevin entsetzt.

«Na ja, nicht gerade hundert Jahre, aber wenigstens einen ganzen Tag», meinte Maxie.

«So ein Ding wird doch dick wie eine Birne!», sagte Paula.

«Genau», sagte Maxie zufrieden. «Nun zieh mal eine Birne aus dir raus. Das war jedenfalls nicht so schön wie schwimmen, reiten oder Tennis spielen.»

«Aber – sie hat es geschafft, oder?», erkundigte sich Nevin besorgt.

«Klar hat sie», sagte Maxie beruhigend. «Keine Sorge. Mir jedenfalls passiert das nicht. Die Teile müssen sowieso alle drei Stunden raus. Oder so ähnlich.»

«Und du benutzt sie, oder?», fragte Judith.

«Klar. Sonst kann ich keine Wettkämpfe schwimmen. Unser Verein hat jede Menge Veranstaltungen. Aber ich hab das ganz gut hingekriegt.»

«Gibt es einen Trick?», fragte Nevin.

«Du musst das Teil schräg halten, dann geht es. Vorausgesetzt, du weißt, wo es hingehört», grinste Maxie und warf sich drei Erdnüsse auf einmal in den Mund.

Paula stand auf und holte sich ein paar kalte Spaghetti. Wie kann man nur solchen Hunger haben, fragte sie sich. Ob man während der Tage besonders hungrig ist?

Die anderen folgten ihrem Beispiel, und bald saßen alle am Küchentisch und kauten, was es noch so zu kauen gab: Brot, Müsli, Gurke und Käse. Dann erzählte Maxie noch einmal genauer von ihren Eltern, die sich jahrelang gestritten hatten, bevor die Mutter den Vater endlich rausgeworfen hatte.

Paula erzählte schließlich doch von ihrem Vater, der seit letztem Sommer woanders wohnte und den sie vermisste.

Jenny hatte weit mehr als ein Glas Wein getrunken und wurde richtig gesprächig. Sie erzählte lachend, dass die Nachbarn in ihrer vorherigen Wohnung so viel Ärger machten wegen ihrem Vater, der ständig betrunken im Hausflur randalierte. In den letzten zwei Jahren hätten sie schon zweimal umziehen müssen.

Die anderen fanden das nicht zum Lachen. Aber sie verstanden, dass es so für Jenny einfacher war.

Judith erzählte von ihrem kleinen Bruder, der zuckerkrank war und um den sich immer alle kümmerten und Sorgen machten, nur sie selbst schien keiner zu beachten.

Paula sah ihre Freundin an. Hatte sie ihr das schon einmal anvertraut? Paula konnte sich nicht erinnern. Anscheinend war an diesem Abend jede bereit, etwas Verborgenes zu zeigen. Ob das an der Mädchen-Arche lag?, fragte sich Paula kurz. Dann griff sie sich eine Hand voll Chips und lachte über den Witz, den Maxie gerade erzählte.

Nevin hatte zugehört und manchmal tröstende Worte gesagt, aber von sich selbst erzählte sie nichts.

«Was ist mit dir? Hast du gar keine Probleme?», fragte Maxie schließlich.

Nevin schüttelte den Kopf. «Probleme? Es ist wie es ist, oder?»

Das konnten die anderen nicht verstehen, doch sie ließen Nevin in Ruhe. Irgendwie ahnten sie, dass türkische Mädchen ihre Eltern und Geschwister vielleicht nicht kritisieren durften.

Schließlich rief Maxie voller Überschwang: «Toll, so eine Mädchen-Arche! Stellt euch vor, die Jungs wären hier. Was hätten wir schon reden können außer: blabla und hast du die gesehen, wie die aussieht und der Botteblom hat doch schon wieder … Stimmt's?»

«Die armen Jungs», sagte jemand, und alle lachten. «Wir lassen ihnen gut was zu tun», beschlossen sie und verteilten den letzten Rest Wein.

Liebes Tage Buch

Sehr viel später am Abend, eigentlich schon Morgen, konnte Paula nicht einschlafen.

Sie wälzte sich im Bett hin und her und lauschte auf Judiths gleichmäßige Atemzüge, die ziemlich schnell zu hören waren, nachdem sie das Licht gelöscht hatten. Vorher war natürlich reden angesagt. Und obwohl an diesem Mädchenabend schon so viel geredet wurde, fiel den beiden Freundinnen immer noch etwas ein, was es zu erzählen gab. Kein Wunder. Sie hatten sich ja kaum allein gehabt.

Judith wollte wissen, wie es nun war, die Tage zu haben. Paula hatte überlegt und dann gemeint, dass es doch etwas lästig wäre, weil man schließlich immer mal ins Bad musste. Aber Kopfweh? Bauchkrämpfe? Keine Spur. Da atmete Judith hörbar auf.

Paula wollte wissen, warum Judith ihr bislang nicht erzählt hatte, wie es wirklich war mit einem zuckerkranken Bruder. Judith hatte sich ein wenig gewunden und dann gemeint, es wäre ja nicht immer so dramatisch. Aber manchmal eben schon.

Dann redeten die beiden über die Jungs. Welche sie gut fanden und welche nicht, und warum und warum nicht.

Und wie überhaupt der ideale Junge sein musste. Und wie es wohl wäre, einen zu küssen.

Hierauf schwiegen beide eine Weile und hingen ihren eigenen Gedanken nach. Schließlich meinte Judith, sie sei hundemüde, und es wäre ja sowieso schon gleich halb drei, da müssten sie ja wohl mal ans Schlafen denken. Also löschten sie das Licht, und nach drei Sekunden – so jedenfalls schien es Paula – war Judith eingeschlafen.

Paula jedoch schlief nicht.

Sie war hellwach! Energisch warf sie die Decke weg. Warum war es auch so warm hier drin! Warm und stickig. Leise stand sie auf und ging zur Balkontür. Ein Blick nach draußen zeigte ihr eine verlassene, stille Wiese und dunkle Häuser. Einsam standen die Laternen an den Wegen und leuchteten – für niemanden.

Kurz entschlossen öffnete Paula die Tür und trat auf den Balkon. Feuchte Luft umhüllte sie wie ein kühles Tuch. Unwillkürlich sog Paula die Luft tief ein und schaute in die Ferne. Ihr schien, als läge dort hinten ihr eigenes Leben wie ein schlafendes Tier und würde auf sie warten. Zugleich fühlte sie sich so lebendig und stark wie lange nicht. Seltsam.

Paula betrachtete den fernen Horizont, wo bereits helle Streifen den neuen Tag ankündigten. Dann zog sie die Schultern hoch. Ihr war kalt. Schnell hinein ins gemütliche Bett!

Damit niemand bei ihnen einsteigen konnte, stellte Paula die Balkontür auf kipp. Frische Luft zog herein und bauschte den Vorhang.

Behaglich zog Paula die Bettdecke um sich herum.

Konnte sie jetzt schlafen? Keine Spur. Jetzt war sie noch wacher als vorhin.

Also machte sie Licht und schaute sich um.

Was konnte sie tun? Lesen? Dösen? Kreuzworträtsel lösen?

Nein. Jetzt fiel ihr etwas ein. Hatte sie nicht ihr Tagebuch mitgenommen? Flink huschte sie zum Schrank und wühlte sich durch seinen Inhalt. Schließlich hielt sie ihr geliebtes, wenn auch noch fast leeres Tagebuch in den Händen. Schnell nahm sie den Schlüssel von ihrem Kettchen und öffnete es.

Sie kuschelte sich wieder in die Decke und schlug eine neue Seite auf. Das hatte sie sich so angewöhnt. Nichts Altes lesen, sonst verspürte sie die allergrößte Lust, die Seite rauszureißen. Also gleich neu anfangen.

«Liebes Tagebuch», schrieb sie.

Dann dachte sie nach. Immer wieder war es komisch, in dieses Buch zu schreiben. Als würde man einen Brief an sich selbst schreiben. Aber Paula spürte, dass ihr heute das Gespräch mit ihrer Mutter fehlte. *Hallo Mama, ich hab Recht behalten. Ich hab sie!*

Also schrieb sie alles, was sie ihrer Mutter hätte sagen wollen, in ihr Tagebuch. Meine Tage im Tagebuch, dachte sie und musste grinsen. Ein «Tage Buch» sozusagen. Doch es gab noch mehr zu berichten. Schnell schrieb sie weiter, über die Mädchen-Arche, über Judith und ihren Bruder, sogar von einem gewissen E. erzählte sie in Andeutungen. Hauptsache keiner las es heimlich!

Als Paula wieder auf den Wecker sah, war eine Stunde vergangen. Puh, jetzt aber schnell schlafen! Doch vorher versteckte sie ihr kleines Tagebuch im Schrank und hatte dabei das bestimmte Gefühl, dass dieser Tag nun wirklich unvergesslich blieb in ihrem wenn auch noch fernen zukünftigen Leben.

Auch der nächste Morgen schien unvergesslich zu werden.

Im Bad stellte Paula fest, dass die Slipeinlage keineswegs ausgereicht hatte. Ihre Unterhose war blutig und das Nachthemd hinten auch. Ach du Schreck! Was sollte sie denn die nächste Nacht anziehen? Und hoffentlich war das Bettlaken nicht auch betroffen.

Als sie auf der Toilette hockte, spürte sie ein dumpfes Ziehen im Bauch. Jetzt geht es also doch los mit den Bauchschmerzen, dachte Paula matt. Schnell stieg sie unter die warme Dusche, doch auch dort fühlte sie sich nicht besser. Ihr war nach im Bett liegen, heißen Tee trinken und von Mama verwöhnt werden.

Doch als sie angezogen die Treppe hinunterlief, waren die Bauchschmerzen schon nicht mehr so deutlich. Vielleicht hatte ich nur Hunger?, überlegte Paula und spürte ein Magenknurren. Bestimmt muss man besonders gemütlich frühstücken, wenn man die Tage bekommen hat. Und genau das wollte sie jetzt tun.

Auch die anderen Mädchen hatten große Lust auf ein besonders gemütliches Frühstück, ob mit oder ohne Tage. Sie tranken heißen Kakao und aßen krosse Brötchen, die Judith im Eiltempo geholt hatte, lehnten sich zurück und genossen die Vorstellung, gleich ein paar hungrigen Jungs beim Putzen zuschauen zu können.

Genüsslich ließen sie alles Geschirr und die Essensreste stehen und warteten auf die Jungen, die so abgebrannt waren, dass sie nichts mehr zum Frühstück einkaufen konnten. Doch die kamen nicht.

Es war schon fast elf Uhr, als Elias und Fynn dann endlich auftauchten. Außerdem brachten sie Verstärkung mit: Robert, Mike – hier rollte Maxie mit den Augen und stieß Paula in die Seite – und der starke Oskar waren dabei.

«Moment!», sagte Judith. «Von fünfen war aber nicht die Rede! Wir haben Essen für zwei, mehr nicht!»

«Von Klo putzen und Sofa saugen war auch nicht die Rede. Also haben wir die Mannschaft aufgestockt», knurrte Fynn. «Wenn man so blank ist wie wir, tut man doch alles.»

Die anderen grinsten blöd und sahen sich um. Doch Paula war sich sicher, dass sie nicht nach Staubflusen Ausschau hielten. Ihre Blicke machten sogleich bei den Brötchen und der Marmelade halt.

«Lecker», meinte Elias und sah vorsichtig zu Paula hin. «Ich schlag vor, erst essen, dann putzen. Okay?»

Schon saß er am Tisch, griff sich ein Messer und säbelte ein Brötchen auf. Kaum hatte er Margarine draufgeschmiert, verschwand die Hälfte des Brötchens mit einem Biss in seinem Mund. Mannomann, der war echt hungrig.

«Wieso seid ihr denn so abgebrannt?», erkundigte sich Nevin keck.

«Das kommt davon», erwiderte Maxie für die Jungs und warf einen langen Blick zu Mike, «dass die Blödmänner nur Cola und Chips gekauft haben.»

«Cola?», fragte Elias gedehnt.

«Aha, jetzt kommt es raus», meinte Jenny fachmännisch. «Nicht nur Cola, das ist ja klar. Und? Wird man von Bier nicht satt?»

«Bier?», fragte Fynn und runzelte die Stirn.

«Nicht Bier? Um so schlimmer», meinte Judith streng.

«Wir trinken nur Milch», meinte Elias und lächelte scheinheilig. «Aber von Milch allein wird der Mensch halt auch nicht satt.»

«So», sagte Maxie abschließend. «Jeder darf ein halbes Brötchen essen. Halt, Elias, du hast dein Pensum schon. Eine Hälfte, dann wird geputzt. Und wir gucken zu.»

Elias verschluckte sich fast. «Ihr – ihr guckt zu? Das ist ja …»

«Das ist pervers!», ergänzte Oskar zufrieden. «Pervers ist das, klarer Fall. Bei perversen Weibern putz ich nicht.»

«Okay, da ist die Tür», sagte Judith.

«Bei perversen Weibern putz ich nur einmal im Leben», fügte Oskar hinzu und setzte sich an den Tisch. Schon hatte er eine Brötchenhälfte verschlungen.

Was nun folgte, hätte man filmen müssen, fand Paula später. Das hätte einen Film gegeben, reif für «Pleiten, Pech und Pannen» oder «Die witzigsten Videos der Welt». Doch die Mädchen filmten nicht, sondern standen auf der Treppe, machten immerhin ein paar Fotos, unter Protest der Jungen natürlich, und gaben sonst kluge Anweisungen.

«Da hinter dem Sofa hast du noch nicht gesaugt», oder: «Schüttel doch mal das Tischtuch aus, bevor du den Tisch abwischst», oder: «Wie wäre es, wenn du das Fensterbrett abstaubst und die Lampe auch?»

Die Jungen stöhnten und glaubten, dass in diesem Ferienhaus noch niemals so gründlich geputzt worden war. Elias nahm den Staubsauger und ging rückwärts in die Küche, dabei stieß er mit Mike zusammen, der dort das Geschirr abtrocknete. Mike kippte gegen die Spüle und ließ den Teller fallen.

«Vier Euro», sagte Judith trocken, «kommt mit auf die Rechnung.»

«Welche Rechnung?», fragte Elias genervt.

«Das bleibt doch sicher nicht das Einzige, was ihr zerdeppert», meinte Judith kühl. «Ich fang schon mal eine Liste an.»

Oskar sollte die Sofakissen draußen ausklopfen. Dabei stieß er eine Flasche um, die noch auf der Terrasse stand, und fluchte.

«Na also. Fünfundzwanzig Cent Pfand», sagte Judith zufrieden.

«Handfeger hängt im Flur», sagte Maxie.

«Dass Mädchen so kleinkariert sein können», meinte Fynn und knirschte mit den Zähnen.

«Ein halbes Brötchen reicht aber nicht, dass ihr das nur wisst», drohte Oskar. «Bei der Arbeit ist ein Steak ja wohl das Mindeste.»

«Wenn wir morgen Abend fünf Sterne kriegen, laden wir euch zu einem Glas Milch ein», meinte Maxie gut gelaunt.

Paula schwieg. Sie sah Elias zu, wie er mit dem Staubsauger kämpfte. Seine Haare waren ungekämmt, sein T-Shirt sah zerknautscht aus, und seine Shorts hatten Grasflecken. Und trotzdem war er der süßeste Junge der Welt, dachte Paula. Und je länger sie ihm zusah, desto weicher wurde ihr Herz. Wie konnte sie ihm nur böse sein, und alles nur wegen einem blöden Hemd?

«Der kleine Teppich wird draußen ausgeklopft», befahl Judith gerade, und die Jungen grunzten vor Missmut.

«Sollen wir vielleicht noch die Wände tapezieren und die Fliesen neu verlegen?», fragte Mike sauer.

«Wenn ich nicht bald was Anständiges zu beißen kriegen, fall ich ohnmächtig um», murrte Oskar.

«Ich auch», meinte Fynn und warf den Besen in die Ecke. «Frühstückszeit.»

«Frühstück!», verkündete auch Elias und winkte dem dicken Oskar zu, der auf der Terrasse unter dem Tisch hockte und die Glasscherben auffegte.

«Endlich. Wurde auch Zeit», brummte Mike und knallte das Handtuch ins Waschbecken. Dort klatschte es in die Spülwasserbrühe.

«Okay», meinte Maxie gönnerhaft. «Kleine Frühstückspause. Aber nur draußen. Oder wollt ihr die Krümel hier drinnen noch einmal fegen?»

Also ließen sich die fünf draußen auf die Terrassenstühle fallen und donnerten ihre Fäuste auf den Tisch.

«Wir haben Hungerhungerhunger, haben Hungerhungerhunger, haben ...», stimmten sie ein, und schlagartig besserte sich ihre Laune.

«Und? Was gibt es?», fragte Elias. Dabei sah er unsicher zu Paula rüber und schaute ihr kurz in die Augen.

Paulas Herz flatterte. Ihr Blick stürzte in seine Augen und drohte dort zu versinken. Hitze stieg ihr ins Gesicht. Sie drehte sich um und ging in die Küche.

Judith zog gerade das Geschirrtuch aus der Spülbrühe. «Wollen wir ihnen das servieren?», kicherte sie und legte das nasse Tuch in eine Schüssel. «Und als zweiten Gang die Scherben von Teller und Flasche, mit ein bisschen Ketchup?»

«Iii, wie fies», meinte Nevin angeekelt. «Ich finde, wir sollten die Jungs jetzt nicht reizen. Sie haben doch schon ganz schön gut angefangen, oder?»

«Genau», stimmte Jenny ein. «Fehlt jetzt nur noch der Flur, die Treppe, die Badezimmer und mein Zimmer.»

«*Dein* Zimmer? *Unsere* Zimmer, bitte schön», sagte Paula.

«Unser Zimmer nicht», sagte Nevin schnell.

«Stimmt», sagte Judith nachdenklich. «In unser Zimmer sollen sie auch nicht, oder?»

Sie sah Paula an. Paula nickte. Sie dachte an das Nachthemd. Wo hatte sie es nur hingeworfen? Und das Bettlaken, hatte sie es kontrolliert und mit der Bettdecke zugedeckt? Ihr Kopf war so leer wie die Mägen der Jungen. Sie konnte sich an nichts erinnern.

«Nein», sagte sie lahm, «unser Zimmer lieber nicht.»

«Also nur mein Zimmer, um so besser», sagte Jenny zufrieden. «Los, wir sollten ihnen was zu futtern bringen.»

Die Mädchen begannen, Müsli in Schalen zu füllen und mit Milch zu übergießen. Müsli, hatte Judith gemeint, wäre doch billiger als so viele Brötchen. Müsli sättigt und hält lange vor. Dazu legten sie zwei Bananen und kicherten.

Die Jungen machten lange Gesichter, als sie die Müslischälchen sahen. Doch dann stürzten sie sich darauf, und innerhalb von einer Minute waren die Schalen leer und die Bananen aufgegessen.

«Mehr!», sagte Oskar und rülpste auffällig.

«Wer rülpst, kriegt nichts», meinte Maxie streng und nahm ihm seine Schale weg.

Zwischen Tür und Angel

Die Jungen putzten, und die Mädchen gaben Anweisungen, kontrollierten und kritisierten, lobten mal und hielten Ausschau nach neuen Tätigkeitsfeldern.

«Die Terrasse ist auch noch nicht gefegt», sagte Maxie, als Oskar den Besen in die Ecke donnerte.

«Terrasse? Ich hör immer Terrasse!», maulte Oskar. «Soll ich auch noch die Straße fegen und den Rasen mähen?»

«Nö», meinte Maxie ruhig. «Nur die Terrasse.»

«Terrasse, Terrasse», murmelte Oskar vor sich hin und zog nach draußen.

«Die Treppe geht einfacher, wenn du von oben nach unten putzt», sagte Nevin zu Robert.

«Von oben nach unten? Wie geht das denn?», fragte Robert angewidert und schwenkte den Feudel dicht vor Nevins Gesicht durch die Luft.

Oben waren Mike und Elias dabei staubzusaugen. «Hier in der Ecke liegt noch was», sagte Jenny und wies hinter ihre Tür.

«Ah, da *liegt* noch was», äffte Mike nach. «Mensch, da *liegt* noch was, oder *steht* es?»

Elias schwieg. Unkonzentriert schob er den Staubsauger hin und her und verpasste dabei alle Staubflusen, die Jenny meinte.

«He,», rief sie, «etwas mehr Einsatz bitte!»

«Sind wir hier in der Schule?», grunzte Mike und kam unter dem Bett hervor.

Doch Elias schwieg weiter. Paula strich auf dem Flur vorbei und erhaschte einen langen Blick von ihm. Schnell ging sie in ihr Zimmer und machte die Tür zu.

Wie gut, dass hier keiner von den Jungen reinkam! Ihr Bett war völlig verwühlt, und in der Mitte von ihrem Laken war ein getrockneter Blutfleck zu sehen. Schnell zog sie die Decke drüber und pfefferte das Nachthemd in den Schrank. Dann setzte sie sich auf ihr Bett und fühlte sich auf einmal traurig.

Bilder vom Beginn der Wattwanderung, vom ersten lustigen Abend, von Jennys Befreiung und von der zarten Berührung hier oben auf dem Flur zogen vor Paulas Augen vorüber. Seine Blicke, sein Lachen, seine Hände.

Oh, wie kompliziert konnte das Leben sein! Nebenan putzte der süßeste Junge, damit er nicht verhungerte, und sie selbst saß hier und redete nicht mit ihm! Sie saß hier, hatte den zweiten Tag ihrer ersten Tage, ein Ziehen im Bauch, ein blutiges Nachthemd, eine Sehnsucht nach seiner Stimme und nach einem dunklen Blick tief in seine Augen – wenn das nicht verrückt war!

Mit einem Stöhnen ließ Paula sich nach hinten auf ihr Bett kippen und blieb so liegen. *Mama,* dachte sie, *ist das Leben immer so schmerzlich schön verrückt traurig?*

Doch bevor Paula noch weiter deprimiert sein konnte, klopfte es leise an ihre Tür. Wie elektrisiert sprang sie auf und öffnete. Elias stand plötzlich neben ihr und schob die Tür leise hinter sich zu.

Verlegen schaute er auf den Boden.

Dann sah er ihr in die Augen.

Er legte eine Hand auf Paulas Wange.

Sein Gesicht kam näher.

Wie in Zeitlupe nahm Paula seine Bewegung wahr. Sie spürte seine warme Hand an ihrem Gesicht. Schnell legte sie ihre Hand darauf und spürte sie nun doppelt. Sie hielt den Atem an. Seine Augen schlossen sich. Sanft spürte sie die Berührung ihrer Nasen. Dann lagen seine Lippen auf ihrem Kinn. Schnell schob er sie höher. Nun berührten sie ihren Mund.

Erst als er wieder draußen war, wurde Paula bewusst, dass Elias sie soeben geküsst hatte.

Mit dem Rücken zur Wand sank Paula in die Knie.

Sie schloss die Augen und spürte noch, wie sich seine Lippen gegen ihre gepresst hatten. Wie sie dann weich wurden. Wie sie nach ihren Lippen gegriffen hatten, ganz sanft und doch deutlich. Und wie ihre Lippen seine berührten, erst sanft, dann heftig.

Niemals würde sie diesen Moment vergessen. Niemals könnten ihre Lippen aufhören zu brennen und ihr Herz aufhören zu fliegen!

Ein tiefes Glücksgefühl durchströmte sie, und zugleich spürte Paula verwirrt, dass ihr plötzlich Tränen in den Augen brannten.

Unten rief jemand nach ihr. Laut. Und ungeduldig. Das war Judith.

Schnell fuhr sich Paula durch die Haare und erhob sich.

Dann öffnete sie vorsichtig die Tür. Niemand war da. Alle waren wohl wieder unten.

Doch unten war ein Getrappel und Plappern zu hören wie von einer ganzen Schulklasse. Natürlich! Jetzt fiel es Paula wieder ein. Ihr Haus war ja heute der Versammlungsort. Ach du Schreck!

Paula rannte die Treppe runter und stolperte über einen Haufen Schuhe, die im Flur lagen. Und Maxies Stimme überschlug sich gerade: «Wir haben den Jahrhundertputz gemacht und ihr? Ihr tragt uns allen Dreck wieder rein!»

«Du redest wie meine Mutter», sagte jemand schlecht gelaunt.

Schnell ließ Paula ihren Blick durch die Runde gleiten. Waren Elias und die anderen schnell entkommen? Deren Klasse traf sich bestimmt ebenfalls irgendwo. Auf der Terrasse lagen Besen und Kehrblech herum, und im Flur stand noch der Putzeimer. Von den Jungs war nichts mehr zu sehen. Dem Himmel sei Dank! Das wäre peinlich geworden!

Paula hockte sich zu den anderen auf den Boden und hörte Frau Essigbaum sagen: «Sehr schön sauber und ordentlich hier.»

Die Klasse feixte. Dann redete Frau Essigbaum weiter. Sie meinte, da ja heute morgen so viel Freizeit gewesen wäre, hätten sie und Herr Botteblom sich gedacht, einen gemeinsamen Ausflug zum nahen Ort zu machen, wo man einkaufen, bummeln und eine Besichtigung in der Burg machen konnte.

Die Klasse stöhnte. Frau Essigbaum zeigte sich jedoch

unbeeindruckt. Jemand fragte, ob die 7a auch mitkäme. Paulas Herz stockte einen Moment, nur um dann wie wild zu schlagen. *Bitte ja!*, flehte sie innerlich. Frau Essigbaum nickte. Zufällig kreuzten sich Paulas und Maxies Blicke. Beide hätten jubeln können. Allgemeines Gerede folgte, Fragen und Antworten flogen durch den Raum, ein Treffpunkt wurde vereinbart.

Paula schielte zu Judith rüber. Ob die etwas gemerkt hatte? Hatte überhaupt irgendjemand etwas davon gemerkt, dass Elias in ihr Zimmer gekommen war? Hatte irgendjemand gemerkt, dass Elias sie eben geküsst hatte? Hoffentlich nicht!

Nachdem die Schüler und ihre Klassenlehrerin die Mädchen-Arche verlassen hatten, ließen sich die fünf ins Sofa sinken.

«Uff», machte Maxie, «das war knapp. Mir wäre es zwar egal gewesen, ob die anderen die Jungs beim Putzen erwischt hätten. Doch den Jungs war es offensichtlich nicht egal.»

Judith lachte vor sich hin. «Die waren weg wie nichts.»

Paula schwieg und hoffte, dass niemand an ihren Lippen sehen konnte, was gerade geschehen war. Doch keines der Mädchen achtete auf sie.

Alle bereiteten sich auf den Ausflug vor. Paula lief noch einmal ins Bad und nahm sich vor, mit Elias zu reden, wenn sie sich bei dem Ausflug trafen. Doch worüber?, fragte sie sich kurz, ohne dass ihr etwas einfiel. Nevin erinnerte laut an die Hausschlüssel. Maxie meinte, sie hätte eine tolle Idee, was sie sich alle kaufen könnten, doch Näheres wollte sie nicht verraten. Schließlich traten sie vor ihre Mädchen-Arche und zeigten sich gegenseitig ihre Hausschlüssel. Dann schloss Nevin ab.

Kaum bogen die fünf um die Ecke vom Supermarkt, da drehte sich Jenny schnell um und machte den anderen ein Zeichen, stehen zu bleiben.

«Was ist denn?», fragte Maxie genervt.

Paula legte den Finger auf den Mund und flüsterte: «Da vorne geht Jennys Mister Braungebrannt!»

Judith zog die Mädchen ein paar Schritte zurück.

«Hat jemand von euch ein Stück Papier dabei?», fragte sie und grinste. «Ich finde, wir lassen den Idioten nicht so einfach gehen. Was meint ihr?»

Maxie hatte noch eine Kinokarte in der Jackentasche. Die nahm Judith, tuschelte kurz mit Jenny und den anderen, dann gingen sie hinter Mister Braungebrannt her.

Als sie ihn eingeholt hatten, sagte Judith überrascht: «Dass so schöne Männer frei herumlaufen! Komm doch zum *star shooting*, da kommst du groß raus!»

Sie hielt ihm die Karte hin, und Mister Braungebrannt war dermaßen überrascht, dass er nach der Karte griff.

Schon liefen die Mädchen kichernd quer über den Rasen.

«He!», rief er hinter ihnen her und wedelte mit der Kinokarte in der Luft. «Wartet mal!»

«Der ist zu doof, der kapiert aber auch nichts!», ächzte Maxie, als sie sich hinter dem nächsten Haus versteckten, um ihn weiter zu beobachten.

Paula hörte nur mit halbem Ohr zu. Irgendwie musste sie über so vieles nachdenken. Über den Kuss an der Tür. Darüber, was er bedeutete. Und wie es jetzt weiterging.

Waren Elias und sie jetzt zusammen? Oder war der Kuss eine einmalige Sache?

Das konnte nicht sein, fand Paula. Ein Kuss war für sie so etwas wie ein Versprechen. Aber war es für ihn genauso?

Kuss mit Aussicht

Der Ort war eine Kleinstadt. Es gab eine Hauptstraße mit einigen Geschäften, einer Eisdiele, einer Pizzeria, einem Spielplatz. Und oben auf dem Hügel über den Häusern thronte die Burg.

Die Schüler strömten durch die Straßen und Geschäfte. Später sollte man sich zu einer Besichtigung der Burg treffen. Da käme auch die 7a dazu, und ob es denn ohne die so langweilig wäre, fragte Frau Essigbaum belustigt.

Maxie rollte viel sagend mit den Augen, dann hakte sie sich bei Paula ein und flüsterte: «Wie findest du eigentlich den Mike? Ist der nicht süß?»

Paula nickte überrascht und flüsterte zurück: «Ja, ist er. Und wie findest du Elias?» Dann hielt sie den Atem an. Wie konnte ihr das nur so rausrutschen! Nun hatte sie sich verraten. Sie spürte, wie ihre Wangen brannten.

Maxie drückte Paulas Arm. «Hab schon bemerkt, dass du ihn süß findest. Mochte nur nicht fragen. Und er?»

Paula schluckte. Aha. Sie hatte es schon bemerkt. Wer noch?, dachte sie kurz und antwortete lahm: «Weiß nicht.»

«Na ja», nickte Maxie, als ob das etwas zu bedeuten hätte. Dann zog sie Paula zu einem Schaufenster, um ihr Bikinis zu zeigen.

Die Mädchen bummelten durch die Straßen, gingen hier und da in ein Geschäft, immer reckte Paula den Hals, um jemanden aus der 7a zu entdecken, doch immer waren es Schüler aus der eigenen Klasse.

Schließlich führte Maxie alle in einen kleinen Schmuckladen.

«Ich finde, wir sollten uns was kaufen», meinte sie geheimnisvoll und wies auf die vielen Ringe, die in den Auslagenkissen steckten.

«Wir?», fragte Judith. «Wieso wir?»

«Wir Mädchen-Arche-Bewohnerinnen», erklärte Maxie und hielt einen Ring hoch. «Haben Sie den fünfmal?»

Da verstanden die Mädchen. Maxie wollte für sie alle eine Art Abzeichen. Also suchte sich jede von ihnen einen Ring aus. Paula nahm einen Mondsteinring, weil Maxie meinte, der würde jetzt besonders gut zu ihr passen. Die Betonung lag auf *jetzt*.

Der weibliche Stein. Der Stein der Menarche.

Da nahm Judith ebenfalls einen Mondstein. «Ich warte schließlich auch drauf», flüsterte sie Paula zu.

Paula musste lächeln. Ihr fiel der Sonntagmorgen wieder ein, als sie mit Judith in ihrem Zimmer gesessen hatte und ihr eröffnen wollte, dass sie nicht mitfuhr. Es kam ihr vor wie Monate. War so viel geschehen? Habe ich mich so sehr verändert?, überlegte Paula irritiert.

Draußen vor dem Laden verglichen die Mädchen ihre Ringe. Drei Mondsteine, ein Bergkristall und ein Tigerauge waren das Ergebnis.

«Toll», schwärmte Jenny. «Ich wollte immer schon mal irgendwo dazugehören.»

«Irgendwo? Na hör mal», beschwerte Maxie sich. «So ein exklusiver Club wie unserer!»

Kurz drückte Paula den Mondstein gegen ihre Lippen. Kühl und glatt fühlte er sich an. Gar nicht wie seine Lippen. Die waren warm und weich und … Ein tiefes Gefühl von Sehnsucht, Freude und Schmerz erfasste Paula und verwirrte sie noch mehr.

«Wann sollen wir uns bei der Burg treffen?», fragte sie nervös und überlegte, worüber sie wohl mit ihm sprechen konnte. Man kann sich doch nicht küssen und kein vernünftiges Wort miteinander reden, dachte sie verzweifelt. Doch ihr fiel nichts ein. Über Schule? Hobbys? Musik?

Die anderen winkten ab. Noch eine Stunde. Eine ganze lange Stunde noch, stöhnte Paula innerlich und folgte den anderen durch die Straßen. Schließlich gingen alle in das Eiscafé. Paula setzte sich so, dass sie den Eingang gut im Blick hatte. Vielleicht kamen ja noch andere Schüler herein. Hoffentlich.

Es kamen andere Schüler herein, massenhaft sogar. Und auch die Lehrer erschienen, grinsten kurz und verzogen sich in die hinterste Ecke. Dort tranken sie Cappuccino, Herr Botteblom qualmte, Frau Essigbaum bestellte Kuchen.

Die Mädchen suchten exotische Eisbecher aus. «Schade, dass es hier keine Glückskekse gibt», meinte Judith, «dann könnten wir jetzt ein bisschen über die Zukunft plaudern.»

Mir reicht schon die Gegenwart, dachte Paula und schielte wieder zur Tür, die gerade aufging. Doch wieder kein Elias. Kein Atom von ihm.

Endlich war die Stunde um, und die Schüler und Lehrer verließen die Eisdiele und strömten die Straße hoch zur Burg. Jetzt musste er ja da sein, doch Paula war noch immer kein geeignetes Gesprächsthema eingefallen. Vielleicht traute er sich ja auch gar nicht, neben ihr zu gehen, dann brauchte sie auch kein Gesprächsthema, schoss es Paula durch den Kopf.

Vor dem Eingang versammelten sich alle. Herr Botteblom stieg auf ein Mäuerchen und rief, dass jetzt gleich eine Dame käme, die sie zu einer Führung durch das Gebäude gebucht hätten und dass bitte alle ein bisschen leise sein und zuhören sollten, es würde auch bestimmt nicht lange dauern. Anschließend könnte, wer wollte, den Turm besteigen, er hätte immerhin einhundertzehn Stufen.

Ein Grunzen ging durch die Schülergruppe. «Was kriegen wir dafür?», rief jemand. «Eine Eins in Geschichte!», rief jemand zurück. Alle lachten.

«Einhundertzehn Stufen, nein danke», stöhnte Jenny übertrieben laut. «Wer kommt mit zurück ins Eiscafé?»

«Nichts da!», sagte Frau Essigbaum streng.

Paula reckte den Hals. War Elias immer noch nicht da? Jemand zupfte sie am Ärmel. Sie wandte den Kopf und sah genau in seine dunklen Augen.

«Oh», sagte sie nur überrascht und fühlte sich irgendwie ertappt.

«Hi», sagte Elias. «Das wird bestimmt voll langweilig.»

Paula nickte stumm. Ihr fiel keine passende Antwort ein.

Auch Elias schwieg. Langsam gingen beide hinter den

anderen her. Die Dame, die die Führung machte, hielt ihre Hand hoch und begann etwas von Jahreszahlen und Namen zu erzählen. Man betrat das Gebäude durch einen großen Torbogen und kam in eine große Eingangshalle, wo viele große Gemälde an den Wänden hingen. Dann ging es weiter in Nebenräume, wo in Vitrinen und Schränkchen Sachen ausgestellt waren, die das Leben hier vor mehreren hundert Jahren dokumentierten.

«Puh», stöhnte Jenny aufreizend und holte ihre Bürste aus dem Rucksack. Sie stellte sich vor eine Vitrine und benutzte das Glas als Spiegel. Mit langsamen Bewegungen kämmte sie ihr Haar. Judith und Nevin standen weiter vorn und schienen zuzuhören, während Maxie sich durch den Pulk von Leuten schlängelte. Bestimmt will sie zu Mike. Paula musste lächeln. Neben sich spürte sie Elias stehen, noch nicht einmal Fynn war in der Nähe, nein, er stand genau bei ihr und schob sie jetzt ein wenig zur Seite.

«Ob es da zum Turm geht?», fragte er leise und deutete auf eine Treppe, die an der Längsseite der Raumes in einem Gewölbe nach oben ging.

Paula schaute hin. «Kann sein», sagte sie.

Elias nahm ihre Hand und schlich mit ihr an den anderen vorbei.

Zusammen betraten sie das Gewölbe. Nach ein paar Stufen der engen, wendelartigen Treppe blieb Paula stehen. Mit einem Schlag wurde ihr deutlich, dass sie mit Elias hier allein war. Wollte sie das? War es nicht einfacher, im Schutz der Gruppe nebeneinander zu stehen und zu schweigen? Was sollte sie tun? Sollte sie ihn küssen? Dazu war die Treppe viel zu eng und schmal.

Doch Elias quetschte sich an ihr vorbei, strich ihr kurz über den Arm und sagte: «Los, wir gehen einfach hoch. Wollen wir die Stufen zählen? Das da sind schon mal fünf.»

Er griff nach ihrer Hand. Dankbar legte Paula ihre Hand in seine, drückte sie kurz, dann begann der Aufstieg. Es war gar nicht so leicht, mit dem Zählen im Takt des Schrittes zu bleiben. Laut zählten beide, Paula genau wie Elias, obgleich sie immer eine Stufe unter ihm ging, und allmählich wurde aus dem Zählen ein Singsang, eine kleine monotone Melodie. Reden können wir noch später, dachte Paula glücklich. In regelmäßigen Abständen kam ein kleines Fenster, groß genug für einen Kopf, dann hielten sie an und schauten nacheinander hindurch.

«Siehst du dort unten die alte Frau mit dem Hund?», fragte Elias, und Paula fragte: «Und siehst du die zwei Radfahrer, die gerade eine Panne haben?» Dann lachten sie, stritten sich, bei welcher Zahl sie gerade waren und stiegen weiter die Stufen hoch. Allmählich kamen sie außer Atem. «Einhundert!», sagte Paula stolz und hielt sich die Seiten. «Ich kann nicht mehr.»

«Klar kannst du noch», sagte Elias und zog sie an der Hand weiter. «Nur noch zehn, dann haben wir es geschafft!»

Und was ist, wenn wir oben sind?, fragte Paula sich kurz, dann ging es weiter mit dem Zählen. Oben, das war ein kleiner runder Raum mit schießschartenähnlichen Fenstern, groß genug für vielleicht zehn Personen. Verlegen gingen Elias und Paula von einem Fenster zum nächsten, bis sie einmal rum waren. Dann blieb Paula stehen.

Sie zog Elias an der Hand zu sich her. Sie legte einen Arm um seinen Hals. Sie schloss die Augen und spürte seinen Atem dicht an ihrem Gesicht.

Dann küssten sie sich.

Sie küssten sich lange, und Paula wurde allmählich so schwindlig, dass sie das Gefühl hatte, der Turm würde gleich umfallen. Sie hielt Elias, und Elias hielt sie, und als sie schließlich aufhörten, murmelte sie: «Bitte noch einmal das Gleiche.» Leise schnaubte er vor Lachen in ihr Ohr.

Dann hörten sie Stimmen. Sie kamen die Treppen hoch. Sollten sie nicht aufhören? Doch Elias schien sich um nichts zu kümmern. Er hielt ihren Kopf mit einer Hand, strich über ihr Gesicht und küsste gerade ihre Augen, als die Ersten die Aussichtsplattform erreichten.

«He, hier sind ja schon welche», knurrte Oskar und pfiff zwischen den Zähnen. Dann drängelte er sich vorbei. «Hier sind nur zehn Personen zurzeit erlaubt, und nach uns kommen noch hundert, könnt ihr nicht woanders knutschen?»

Verlegen stellten sich Paula und Elias eng aneinander gelehnt an eines der Fenster und schauten über die Häuser und Bäume.

«Na, wenn die Navajos das wüssten», grinste Judith keuchend und schob sich gemeinsam mit Maxie und Mike neben Oskar in den Aussichtsraum. Sie warf Paula einen langen fragenden Blick zu. Paula lächelte kurz, weil sie nicht anders konnte, und hob die Schultern. Ich kann es nicht ändern, sollte das heißen, so ist es eben manchmal, das Leben.

Erste Tage – erste Liebe

Der vorletzte Tag am Silbersee begann mit strahlendem Sonnenschein.

Als Paula erwachte, war die Welt in Licht getaucht. Genauso war auch ihr Traum gewesen. So hell und leicht. Irgendetwas Schönes war es gewesen, doch Paula hatte alles vergessen. Sie lag unter der Bettdecke, blinzelte in das sonnendurchflutete Zimmer und dachte an gestern. An den Kuss auf dem Aussichtsturm. An den langen Fußweg zurück in die Ferienhausanlage, neben Elias. Ohne die große Blonde. Und an den Abend in der Mädchen-Arche, wo plötzlich acht Jungen auftauchten, bewaffnet mit mehreren Flaschen und Unmengen von Chipstüten und Erdnüssen. An die lustigen Spiele, die ihnen plötzlich in den Sinn kamen, es war wie auf einem Kindergeburtstag.

Die Reise nach Jerusalem zum Beispiel. Andauernd landeten die Jungen auf den Stühlen, wo schon die Mädchen saßen. Und Elias landete komischerweise immer bei ihr. Und beim Mord im Dunkeln gab es dann die böse Überraschung. Auf einmal standen die Lehrer im Zimmer und knipsten das Licht an, gerade als Maxie endlich den richtigen im Dunkeln gefunden hatte, nämlich Mike, und anstatt ihn zu ermorden, beinah geküsst hätte … Es gab ein Donnerwetter, aber kein allzu schlimmes, und die Jungen wurden sofort in ihre Häuser geschickt.

Zum Glück waren die Flensburger nicht aufgetaucht. Das hätte bestimmt noch mehr Ärger gegeben, dachte Paula und drehte an ihrem neuen Mondsteinring. Er glitzerte wunderschön in der Sonne.

«Und? Wie ist es?», sagte Judith plötzlich aus ihrem Bett heraus.

«Was?»

«Verliebt zu sein natürlich.»

Paula wackelte mit den Zehen und reckte die Arme. «Schöööön!», seufzte sie und hätte am liebsten die ganze Welt umarmt.

«Geht ihr jetzt zusammen?», fragte Judith und setzte sich hin.

Paula starrte auf einen Sonnenkringel und dachte nach. Ging man zusammen, wenn man sich mindestens zweimal geküsst hatte? Und wenn ja, ging man ganz offiziell zusammen, dass alle es wussten? Oder tat man es heimlich?

Paula wusste nicht, was ihr lieber war. Sie wusste nur eines: Die Liebe war wunderbar. Manchmal wenigstens.

«Weiß nicht», sagte sie nach einer Weile.

Judith sprang aus dem Bett.

«Na toll», murmelte sie. «Erst wohnt man zusammen in der Mädchen-Arche, dann verliert man die beste Freundin. Das hat sich ja voll gelohnt.»

Jetzt sprang auch Paula aus dem Bett. «Was quatschst du denn da?», rief sie aufgebracht. «Wer verliert die Freundin? Was redest du denn für einen Blödsinn?»,

«Das ist doch immer so: Erst ist man dick befreundet, dann hat die Freundin einen Freund und man ist abgemeldet.» Judiths Stimme klang richtig fremd.

Hilflos stand Paula mitten im Zimmer und wusste plötzlich nicht mehr weiter. Konnte man wirklich nur eines haben: Freundin *oder* Freund? Das konnte nicht sein. Nicht bei ihr!

Wütend griff Paula sich das Kopfkissen und schleuderte es nach Judith. «Du spinnst!», rief sie. «Du bist mir noch genauso wichtig wie vorher!»

«Wie vor was?», rief Judith und pfefferte das Kissen zurück.

«Na, wie vor Elias!»

«Wie vor dem Kuss?», fragte Judith spitz.

Ach so war das. Paula setzte sich aufs Bett. Und wenn schon, dachte sie, Küssen ist nicht verboten. Und es hat gar nichts mit ihr zu tun.

Doch sie schwieg. Sie sah Judith zu, wie sie ihre Sachen zusammensammelte und ins Bad ging.

Als sie wieder ins Zimmer kam, stand Paula auf und ging auf sie zu.

«Ich weiß nur eins», sagte sie leise und sah Judith in die Augen. «Die ersten Tage zu kriegen ist schon viel. Aber die erste Liebe auch noch, das ist fast zu viel. Und wenn du jetzt auch noch Schluss machst mit mir, dann ...»

Doch Judith ließ sie nicht ausreden. Sie legte den Arm um ihre Freundin und drückte sie an sich.

«Ich weiß», murmelte sie. «Ich glaub, ich hab nur Angst. Du erlebst plötzlich tausend neue Sachen und ich? Ich kann nur zusehen!»

Einen Moment lehnte Paula an Judiths Schulter und genoss die Nähe und Vertrautheit. Doch dann riss sie sich los und rief: «Mensch, Judith! Weißt du noch? Sonntagmorgen in meinem Zimmer? Für mich ist das Lichtjahre her, aber das waren doch nur fünf Tage! Ich dachte, keine zehn Pferde kriegen mich auf diese verdammte Klassenfahrt, nur weil ich Angst hatte, dass ich meine Tage kriegte. Und was ist passiert? Ich habe meine Tage gekriegt. Und ich habe mich verliebt! Und ich habe dich als beste Freundin! Wer weiß, wann du dran bist?»

Sie ergriff Judiths Hände und wirbelte sie im Zimmer herum, bis sie schwindlig gegen die Möbel taumelten und Jenny von nebenan rief: «He, kann man nicht mal ausschlafen hier?»

«Ausschlafen? Es ist gleich zehn Uhr!», rief Paula zurück Und zu Judith gewandt: «Ich mach jetzt das Frühstück. Hilfst du mir?»

Nach dem Frühstück war Freizeit angesagt.

Die meisten wollten zum See gehen und schwimmen. Das kam für Paula zwar nicht in Frage, doch auch sie ging zum See und lieh sich zusammen mit Nevin, die ja auch nicht schwimmen konnte, ein Tretboot aus. So dümpelten sie auf dem Wasser, sonnten sich, hängten die Arme und Beine ins Wasser und unterhielten sich. Irgendwann kam ein zweites Tretboot auf sie zu, darin saßen Fynn und Elias.

«He!», rief Elias.

«Hallo!», rief Paula zurück und winkte.

Wie gut, dass man nicht mehr sagen konnte hier auf

dem Wasser. Sehnsüchtig schaute Paula dem Boot mit den beiden Jungen nach. Worüber konnte man eigentlich mit Jungen reden? Oder konnte man sie nur gut küssen?

Bei dem Gedanken musste Paula kichern. *Jungen sind zum Küssen da …,* trällerte sie leise vor sich hin.

Später lagen die Mädchen alle zusammen im Gras und spielten *activity,* wo jede irgendwelche Begriffe vormachen, malen oder beschreiben musste. Es war so komisch, dass sie ständig lachen mussten.

Hin und wieder kamen auch andere aus ihrer Klasse vorbei und hörten zu, doch den Mädchen-Arche-Mädchen machte das nichts aus. Sie drehten an ihren neuen Ringen und feuerten Maxie an, die gerade «Verliebt» vorspielen musste. Alle kreischten vor Vergnügen, als sie schmachtend die Augen rollte, händeringend in die Ferne schaute und endlich ihren Liebsten in die Arme schloss.

Nur Paula lachte nicht. Elias, dachte sie. Elias, wo bist du?

Doch Elias ließ sich den restlichen Tag nicht mehr blicken. Paula versuchte, ruhig zu bleiben. Schließlich kam er nicht aus Flensburg und fuhr bald wieder fort. Nein, er wohnte nur ein paar Straßen weiter. Paula konnte ihn jeden Tag sehen. Aber wenn sie es recht bedachte, wollte sie ihn gar nicht jeden Tag sehen. Sie wollte ihn jetzt sehen. Jetzt sofort!

Als das Spiel zu Ende war und die Mädchen der Mädchen-Arche einkaufen gehen wollten, kamen sie an einer Gruppe Mädchen vorbei, die die Köpfe zusammensteckten und neugierig etwas inspizierten. Die große Blonde war auch dabei. Jenny blieb stehen.

«Los, komm weiter», drängelte Paula.

Doch Jenny murmelte: «Moment mal. Das kommt mir verdammt bekannt vor!» Schon zwängte sie sich zwischen den Mädchen der 7a durch und hatte die Visitenkarte ergriffen.

«Dieser Mistkerl! Wusste ich es doch!», rief sie empört. «*Agentur für Models*, dass ich nicht lache! Also hört mal her, Mädels …»

Jetzt verstand Paula. Mister Braungebrannt war nicht untätig geblieben. Langsam trödelte sie hinter den anderen her, bis Jenny sie wieder eingeholt hatte.

«Na warte …», zischte Jenny nur und machte ein viel sagendes Gesicht.

Paula schwieg und fragte sich, was Jenny wohl ausgeheckt hatte. Hoffentlich nichts mit der großen Blonden.

Da sie an diesem Abend für die Lehrer kochen mussten, wollten die Mädchen vorher noch einkaufen. Allen war klar, dass das eine gemeinsame Sache war. Alle wollten mithelfen.

In der Küche machte Jenny ein geheimnisvolles Gesicht. «Hoffentlich bleiben die Lehrer nicht zu lange», sagte sie. «Später hab ich nämlich mit den Mädchen aus der 7a etwas verabredet. Wir treffen uns bei Haus Nummer neun …»

Mehr wollte sie nicht verraten. Paula wollte nicht an den braun gebrannten Playboy denken. Ach Elias. Warum ließ er sich heute überhaupt nicht blicken? Na ja, musste Paula schließlich zugeben, auf dem See hatten sie sich ja getroffen. Aber da waren sie eben nicht allein gewesen.

Vielleicht war er ja im Supermarkt, überlegte Paula.

Doch wenn es stimmte, dass die Jungen kein Geld mehr hatten, konnten sie wohl kaum einkaufen gehen.

Dennoch reckte Paula den Hals, als sie ihre Sachen in den Wagen legten. Hähnchenkeulen, Erbsen, Himbeereis und Apfelsaft. Doch kein Elias bog um die Ecke. Keine Spur von ihm.

Sowie sie wieder zu Hause waren, ging der Stress los. Die Hähnchenkeulen waren tiefgefroren. Wie konnte man sie auftauen ohne Backofen?

Maxie schlug vor, sie in heißes Wasser zu legen. Doch auch nach einer halben Stunde war nur die obere Haut weich, das Fleisch darunter blieb knallhart. Sie legten die Keulen in die Pfanne und taten einen Deckel drauf. Es brutzelte und knisterte gefährlich, eine Seite brannte an, die andere jedoch blieb bleich und hart.

Allmählich wurde es eng. In einer halben Stunde wollten Herr Botteblom und Frau Essigbaum kommen. Nevin und Jenny hatten den Tisch schön gedeckt, Maxie räumte die letzten Sachen weg und fegte noch einmal, und Paula und Judith standen am Herd und schwitzten Blut und Wasser. Die Keulen ließen sich einen Zentimeter tief anschneiden. Der Rest war gefroren. Was tun?

Schließlich hatte Jenny die zündende Idee.

«Warum kaufen wir nicht was Fertiges?», fragte sie ruhig, als wäre das die einfachste Sache der Welt.

Es war die einfachste Sache der Welt. Das begriff Judith sofort.

«Genial!», rief sie. «Aber was?»

«Was gibt es denn Fertiges in diesem Supermarkt?», meinte Maxie kühl. «Die haben doch nur Kartoffelsalat.»

«Genial! Kartoffelsalat!», rief Judith begeistert. «Alles ist besser als tiefgefrorene Hühnchen!»

Paula zögerte. Kartoffelsalat? Und was dazu?

Doch die Mädchen hatten alles schon geklärt. Judith flitzte zum Supermarkt, Maxie packte die Hühnchen in den Kühlschrank, Nevin pflückte draußen Blumen, und Paula sollte Servietten falten. Jenny hielt Wache vor der Tür, und falls die Lehrer vor Judith ankämen, sollte sie sie ablenken. Wie auch immer.

«Das krieg ich schon hin, keine Sorge», winkte Jenny ab und setzte sich aufs Geländer der Veranda.

Paula faltete Servietten und hoffte, dass Elias am Abend vorbeischauen würde. Oder hatte er jetzt Angst vor ihr? Jetzt, wo sie sich zweimal geküsst hatten? Warum sollte er, dachte Paula, doch insgeheim hatte auch sie ein scheues Gefühl. So ein Kuss verändert irgendwie alles, fand sie. Und der zweite besiegelt es noch.

Doch weiter kam sie nicht zum Nachdenken, denn von draußen war der Warnpfiff zu hören. Sie kamen! Und Judith war noch nicht zurück!

Nevin ließ vor Schreck fast die Blumen fallen. Maxie lief auf Zehenspitzen zur Tür und horchte. Schon standen Paula und Nevin neben ihr und hörten Stimmen vor der Tür. Doch niemand kam herein. Vorsichtig schauten Paula, Nevin und Maxie durchs Küchenfenster. Jenny stand an der Haustür und erklärte irgendetwas. Sie zeigte auf das Schloss. Die Lehrer zuckten mit den Schultern. Wieder schien Jenny etwas lang und breit zu erklären.

Endlich kam Judith angesprintet. Gerade noch rechtzeitig entdeckte sie die drei auf der Veranda, schlug einen Bogen und raste zur Terrasse. Maxie ließ sie herein.

«Gut reagiert!», meinte sie und klopfte Judith auf die Schulter.

«Mm», stieß Judith hervor. «Die Navajos machen das auch immer so, stimmt's?»

Schnell packten sie den Kartoffelsalat in Schüsseln, rührten die knackigen Erbsen hinein und verschmierten den Rand absichtlich. «Damit es echt aussieht», sagte Paula.

Dann zauberte Judith sieben dampfende Bratwürste hervor. «Vom Kiosk», sagte sie stolz. «Dafür ist in unserer Kasse jetzt Ebbe.»

Doch das war allen egal. Sie legten die Bratwürste in die Pfanne und ließen sie kurz anbraten. So sah es verdammt echt aus, auch wenn die Würstchen irgendwie nach Hühnchen rochen. Jetzt konnten sie kommen. Maxie lief zum Fenster und winkte Entwarnung.

Schon klickte das Schloss in der Haustür.

«Aha», war Herr Botteblom zu hören. «So bricht man also Türen auf. Toller Trick.»

«Hauptsache, ihr habt diesen Trick nur bei euch angewendet», fügte Frau Essigbaum streng hinzu.

«Trick?», rief Jenny empört. «Lebensrettend war diese Maßnahme. Außerdem wurde uns auf diese Weise geholfen. Wir selbst haben niemals auch nur eine Tür ohne Schlüssel geöffnet, Ehrenwort.» Damit steckte sie die Telefonkarte wieder in die Hosentasche.

Heimlich hob Judith hinter den Lehrern den Daumen hoch. «Klasse Ablenkmanöver, alle Achtung.»

Lässig winkte Jenny ab. Doch als sich alle an den festlich gedeckten Tisch setzten, sah Paula, wie Jenny ein rotes Gesicht bekommen hatte vor Stolz.

Kartoffelsalat und ein Extra-Stern

Wie habt ihr den denn so gut hingekriegt?», fragte Botteblom begeistert.

Die fünf Mädchen starrten ihn wortlos an. Was sollten sie nur darauf antworten?

«Ich meine, die Erbsen darin sind sehr frisch und saftig, und er ist so pikant gewürzt», fügte er hinzu und leckte sich die Lippen.

«Ach so», sagte Maxie schnell, «das haben wir alle zusammen gemacht.»

«Alle zusammen?», fragte Frau Essigbaum interessiert und nahm sich noch etwas von dem gepriesenen Kartoffelsalat.

«Klar», meinte Judith, als wäre es das Normalste von der Welt, «jede hat ein paar Erbsen und Gewürze reingeworfen.»

«Reingeworfen?», murmelte Frau Essigbaum.

«Und die Würstchen sind ja auch klasse. Geflügel, stimmt's?» Herr Botteblom war echt begeistert.

Die Mädchen hatten Mühe, ein Grinsen zu verbergen.

«Mm», nickte Paula nur.

«Ich wusste gar nicht, dass die auch Geflügelfleisch haben im Supermarkt. Siehst du, Gerhard, wir hätten gar nicht Aufschnitt vom Schwein zu kaufen brauchen.» Frau Essigbaum schnitt in die Bratwurst und betrachtete prüfend deren Beschaffenheit.

Konnte man erkennen, ob es Geflügel oder Schweinefleisch war?, überlegte Paula entsetzt.

«Na ja», beeilte sie sich, «im Supermarkt haben sie nur donnerstags Geflügelwurst.» Das konnten sie jetzt, am letzten Abend, wohl nicht mehr überprüfen, hoffte sie.

Herr Botteblom nickte zufrieden und nahm sich noch mehr Kartoffelsalat. «Also, fürs Essen habt ihr schon mal einen Stern verdient, finde ich. Was meinst du, Gertrud?»

Gertrud nickte, doch ihren irgendwie skeptischen Blick behielt sie den ganzen Abend über bei.

Judith und Nevin liefen in die Küche und brachten mehr Apfelsaft. Sie schenkten den Lehrern nach, indem sie sich professionell von der rechten Seite näherten, sich vorbeugten und dezent die Gläser nachfüllten. Judith brachte es sogar fertig, die Flasche so gekonnt zu drehen, dass kein Tropfen auf das weiße Strandlaken fiel, das wieder als Tischtuch fungierte.

Maxie zupfte an den Rosen und Margeriten rum, die Nevin wieder draußen gepflückt hatte. Wie war der Service? Das Ambiente? Die Lehrer konnten ruhig noch ein paar weitere Sterne verteilen, fand sie.

Nachdem der Kartoffelsalat aufgegessen und auch die Würstchen verdrückt waren, standen Paula und Judith auf, räumten geschickt die Teller ab und holten den Nachtisch: Himbeereis mit Vanillesoße.

Herr Botteblom nahm sich dreimal nach. Wie gut, dass sie eine große Familienpackung gekauft hatten! Penibel kratzte er seine Schüssel mit dem Löffel aus und meinte dann feierlich: «Also, Service und Ambiente waren …», er schielte zu Frau Essigbaum, die die Augenbrauen hob. «Sag selbst, Gertrud, das war doch klasse, oder?»

«Nun gut», meinte sie, «das Essen war zwar von der Ausgewogenheit nicht ganz überzeugend – ein grüner Salat oder Obstsalat hätte für Vitamine gesorgt –, aber ihr habt euch viel Mühe gemacht und ein tolles Essen hingekriegt. Der Tisch ist prima gedeckt, nette Blumen und gefaltete Servietten geben Gästen das Gefühl, wichtig zu sein. Das ist auch gut gelungen. Ihr habt uns aufmerksam und nett bedient, und», hier ließ sie ihren Blick zu jedem Mädchen gleiten, «ihr scheint eine harmonische Hausgemeinschaft zu sein. Das sorgt für gute Stimmung.»

Die Blicke der Mädchen begegneten sich etwas verlegen, doch alle freuten sich insgeheim.

Nur Nevin strahlte die Lehrer ganz offen an und nickte. «Stimmt», sagte sie schlicht. «Wir von der Mädchen …» Plötzlich erstarb ihre Stimme.

Ein warnender Blick von Maxie hatte sie gerade noch rechtzeitig gestoppt.

«Ja, ihr Mädchen seid prima», bestätigte Herr Botteblom. «Da wollen wir mal den letzten Abend mit den vielen männlichen Gästen ganz schnell vergessen, was, Gertrud?»

«Ja, das wollen wir mal», meinte Frau Essigbaum und lächelte wohlwollend. «Also, das macht dann wohl vier Sterne.»

Die Mädchen sahen sich an. «Nur vier?», fragte Maxie schließlich entgeistert. «Konnte man nicht auch für Ordnung und Sauberkeit welche kriegen? Wir haben hier geputzt wie die Blöden!»

Ein unterdrücktes Kichern ging durch den Raum.

«Tja …», sagte Frau Essigbaum und sah sich um. «Dann wollen wir mal in die Küche schauen.»

Paula lief voraus und stellte sich vor den Kühlschrank. Die tiefgefrorenen Hühnerleichen brauchten sie ja nicht zu entdecken.

«Nun, wir haben gekocht, da steht natürlich einiges Geschirr hier rum», erklärte Judith.

Doch die Lehrer schauten nur hierhin und dorthin, und Paula hatte das Gefühl, dass sie nach etwas Bestimmtem Ausschau hielten. Etwa nach Alkohol? Standen irgendwelche Flaschen sichtbar herum?

Paulas Blick flitzte durch die Küche und hinaus in den Flur. Nichts zu sehen. Wo war die Weinflasche von gestern Abend eigentlich?

Die Lehrer schienen nichts Auffälliges zu finden. Sie stiegen die Treppe hoch, bemerkten die sauber aufgereihten Schuhe auf den Stufen, und oben machten sie jede Tür auf und schauten kurz in die Zimmer.

War ihr Bett gemacht?, durchfuhr es Paula. Lag ihr fleckiges Nachthemd irgendwo herum? War die zweite Packung Binden im Bad oder etwa auf dem Boden vor ihrem Bett?

Durch diesen ganzen Hühnchenstress hatte Paula gar nicht mehr nachgesehen in ihrem Zimmer. Sie stand unten an der Treppe und fing an zu schwitzen.

Die Tür von ihrem Zimmer ging wieder zu.

«Okay», sagte Frau Essigbaum und kam wieder runter.

Herr Botteblom schaute noch kurz ins Bad, dann kam er nach. Nevins und Maxies Zimmer wurde ebenso kurz inspiziert.

«Suchen die Jungs oder Alkohol?», flüsterte Jenny amüsiert.

Bestimmt beides, wollte Paula antworten, doch da kamen die Lehrer wieder in die Küche und gingen weiter ins Wohnzimmer.

«Alles in Ordnung», sagte Frau Essigbaum. In ihrer Stimme schwang Anerkennung mit. «Was meinst du, Gerhard?»

«Ich meine, das gibt ...» Er zählte mit den Fingern nach. «Ach, ich kann mir das nicht merken! Sag du.»

«Setzt euch», sagte Frau Essigbaum. «Also, ihr bekommt jeweils einen Stern für das Essen, die Zubereitung, das Ambiente und den Service. Und einen für die saubere Küche und ein ordentliches Haus. Und leider einen Abzug für heimliches Weintrinken.» Stumm wies sie auf die Flasche, die neben dem Sofa stand.

Ach du Schreck! Da war sie also geblieben! Hatte jemand das Sofa verrückt? Betroffen sahen die Mädchen sich an.

Frau Essigbaum sprach weiter. «Den Herrenbesuch gestern wollten wir ja vergessen, stimmt's, Gerhard?»

Herr Botteblom nickte ernst.

Dann lächelte Frau Essigbaum feierlich. «Aber dafür gibt es einen Sonderstern, findest du nicht auch, Gerhard?»

Er nickte wieder. Die Mädchen sahen sich überrascht an.

«Einen Sonderstern für gute Gemeinschaft, was Gerhard? Den haben sie doch echt verdient. Macht also fünf Sterne. Herzlichen Glückwunsch.»

«Ha!», rief Paula und klatschte ihre flache Hand gegen Judiths. «Das müssen wir feiern, jawohl!»

«Aber ohne Herren!», ermahnte Herr Botteblom und wies bedeutsam mit dem Zeigefinger in die Luft.

Das versprachen alle hoch und heilig und geleiteten die Lehrer mit bester Laune aus dem Haus. Sowie sie jedoch wieder allein waren, hob Jenny mit wichtiger Miene die Hand.

«Okay, Leute. Das hat ja prima geklappt», sagte sie. Dann senkte sie ihre Stimme und fuhr fort: «Aber jetzt, jetzt kommt noch etwas, das dürfen wir uns auf keinen Fall entgehen lassen. Mir nach!»

Eine Fotosafari der besonderen Art

Wohin denn so eilig?», keuchte Maxie.

Sie liefen über den Rasen, quer über den Platz und kamen am Kiosk vorbei. Hier blieben sie stehen. Jenny sah sich um.

«Mist», sagte sie, «zu spät. Los, wir müssen weiter!»

Auch Nevin hatte keine Ahnung, was los war.

«Wir gehen jetzt zu diesem Haus von dem Kerl, der Jenny betrunken gemacht hat», erklärte Paula, während sie über die Plattenwege liefen.

«Und was wollen wir da?», fragte Maxie unwirsch.

«Keine Ahnung, die haben irgendetwas verabredet. Aber es wird bestimmt lustig», meinte Paula und hoffte, dass nicht nur die Mädchen der 7a mitmachten.

Haus Nummer neun tauchte vor ihnen auf. Doch Jenny lief in weitem Bogen um das Haus herum und näherte sich von hinten. Plötzlich blieb sie stehen und winkte. Dann drehte sie sich zu den anderen um.

«Kommt etwas näher und duckt euch hinter die Büsche. Hat jemand von euch einen Fotoapparat dabei?»

«Blöde Frage», murmelte Maxie. «Wir konnten doch nicht wissen, dass wir auf Fotosafari gehen.»

«Wie?», meinte Jenny überrascht. «Hab ich euch nicht

gesagt, ihr sollt eure Kameras mitbringen? Na, egal.» Sie duckte sich und schlich an den Büschen entlang.

Paula schlich hinter ihr her. Die ganze Zeit über hatte sie nur einen Gedanken: *Elias!* Ihr Herz tat einen Sprung. So lange hatte sie nicht mehr an ihn gedacht. Wo war er? Dachte er an sie? Wollte er sie sehen?

Leise krochen sie zu den Büschen. Doch was war das?

Paula traute ihren Augen nicht. «Halt mich fest!», flüsterte sie und kniff Judith in den Arm.

Die gesamte Parallelklasse hockte da! Und – ihr Herz tat noch einen Sprung – Elias lehnte hinter dem Baum und sah zu ihr hin. Kurz hob er die Hand und winkte ihr zu. Dann wies er auf die große Blonde, die ein Handy in der Hand hielt.

«Okay», sagte sie gerade, «also, ich wähl jetzt mal!»

Überdeutlich drückte sie auf die Handytasten und las die Zahlen von der kleinen Visitenkarte ab, die sie neulich bekommen hatte.

«Es klingelt», flüsterte sie.

Alle hielten den Atem an. Jenny kroch zu ihr hin und wagte zwischendurch einen Blick über die Büsche auf die Terrasse von Haus Nummer neun.

Paula staunte. Es war so still, dass niemand auf die Idee gekommen wäre, dass hier fünfundzwanzig Schüler auf dem Boden hockten und warteten. Sie schaute zum Baum hin. Wo war Elias?

Da hörte sie seine Stimme plötzlich neben sich.

«Hey.»

«Hey», antwortete sie. Ihr Herz schlug wild und hart gegen die Rippen. «Was läuft hier denn ab?»

«Die wollen diesen Playboy reinlegen, mehr weiß ich auch nicht. Alle sollten ihren Fotoapparat mitbringen. Aber ich hab gar keinen.»

Seine Stimme war dicht neben ihrem Ohr. Sie konnte seinen Atem an ihrem Hals spüren.

Küss mich, dachte sie, *küss mich jetzt!*

Sie lehnte sich ein wenig zurück und spürte seine Beine hinter sich. Da legte er seine Hand auf ihren Arm und drückte ihn kurz. Dann war die Hand wieder weg.

Heiß stieg ihr das Blut in den Kopf. *O Mann, das ist nicht zum Aushalten,* dachte sie. Schnell sah sie wieder auf die große Blonde, die sie vor kurzem noch gehasst hatte.

Gerade hob sie die Hand zum Zeichen. «Ja?», fragte sie laut. «Wer ist da?»

Alle reckten die Hälse. Unterdrücktes Kichern breitete sich aus, Füße scharrten, dann war wieder vollkommene, angespannte Stille.

«Ich ruf an wegen der *models*», sagte die große Blonde. «Ich hab hier eine Karte bekommen von einem Herrn … Ja, von dem … Nein, ich bin allein … Ja, ich kann sofort kommen. Okay. Tschüs!»

Sie beendete das Gespräch und stand auf.

«Ich soll sofort kommen, ihr habt es gehört. Ich geh jetzt also rein und lotse ihn möglichst schnell auf die Terrasse. Dann kommt euer Einsatz.»

Die Schüler kicherten jetzt lauter, doch niemand stand auf. «Viel Glück», riefen ihr welche zu. «Und hau ihm eins, du weißt schon wohin, wenn er dir dumm kommt!»

«Keine Sorge», rief sie zurück. «Ich hatte 'ne Eins in WenDo!»

Brennend spürte Paula Elias' Nähe hinter sich. Sie drehte sich ihm zu. Was konnte sie jetzt nur sagen?

Er hockte im Gras, spielte mit einem Blatt und sah sie an.

«Wie geht es jetzt weiter?», fragte Paula heiser. Verwirrt stellte sie fest, dass sie nicht wusste, ob sie nun sich selbst und Elias meinte oder die große Blonde und Mister Braungebrannt.

Elias hob die Schultern. «Mal sehn», murmelte er dann.

Das konnte alles heißen, fand Paula. Meinte er die Blonde oder sie?

Da kam Bewegung in die Gruppe. Manche erhoben sich kurz, andere reckten nur die Hälse und stießen sich gegenseitig an. Aber die meisten hielten schussbereite Kameras in den Händen.

«Geht es los?», fragte jemand gedämpft.

«Halali!», sagte einer.

Alle lachten.

«Sie kommen», rief ein Mädchen.

Tatsächlich. Die Terrassentür ging auf, und die große Blonde kam heraus. Sie lachte, warf die langen blonden Haare über die Schulter und lächelte hinter sich. Dann kam er, der braun gebrannte Kerl, der Jenny betrunken gemacht hatte.

«Widerling!», knurrte Paula.

«Es geht los», sagte Elias. «Gehen wir zusammen?»

Verblüfft sah Paula ihn an. Was meinte er? Natürlich wollte sie mit ihm gehen!

«Wir haben zwar keinen Fotoapparat, aber das macht nichts», fuhr Elias schon fort.

Jetzt verstand Paula gar nichts mehr. Musste man einen Fotoapparat haben, um zusammen zu gehen?

«Wieso Fotoapparat?», brachte sie mit trockener Kehle hervor.

«Wir wollen ihn doch alle fotografieren», sagte Elias, hakte sich bei ihr ein und führte sie an den Rand der Wiese.

Paula schluckte. Ach so war das. Na gut. Das andere hatte Zeit.

Sie konzentrierte sich auf seinen Arm, der ihren hielt, und schaute zu, wie sich die anderen in eine lange Reihe stellten. Was ging hier vor? Doch Paula fragte vorsichtshalber nicht. Lieber keine Missverständnisse mehr. Lieber abwarten. Lieber Elias neben sich spüren und nichts denken.

Jenny stand ein paar Schritte vor ihnen.

«Wer keine Kamera hat, kann sich eine geben lassen von denen, die schon fertig sind», flüsterte sie aufgeregt. «Oder ihr tut einfach nur so. Das ist auch komisch!»

Wir tun einfach so? Wie?, fragte Paula sich und drückte Elias' Arm fest an sich.

Ob die anderen sahen, wie eng sie zusammenstanden? Keiner schien auf sie zu achten. Auch gut. Sie wollte sich nicht verstecken. Jeder konnte sehen, dass sie und Elias … Ja was denn?

Es kam Bewegung in die lange Schlange. Paula ging hinter Jenny her und versuchte mitzubekommen, was vorne los war. Doch erst als Jenny an der Terrasse vorbeiging, verstand Paula.

«Darf ich auch ein Foto machen?», flötete Jenny. «So ein

schöner Mann! So etwas spricht sich rum, weißt du? Das muss man gesehen haben!»

«Lächeln bitte», rief jemand, «und Bauch rein, Brust raus! Die Muskeln spielen lassen!»

Mister Braungebrannt stand da und starrte die Schüler an, die in einem langen Gänsemarsch an seiner Terrasse vorbeimarschierten und ihn fotografierten.

«Sonst geht's euch gut, was?», rief er erbost. «Was soll denn das! Seid ihr alle noch ganz dicht? Was wollen die denn», wandte er sich an die große Blonde, doch die war weg. «Also, das ist ...»

Verärgert knallte er die Tür hinter sich zu und zog die Vorhänge vor.

Kaum jemand konnte sich das Lachen verkneifen, und wer fotografierend an dem Haus vorübergegangen war, lief prustend und kichernd zurück in das Versteck von eben.

Auch Paula und Elias landeten wieder hinter dem Baum. Kurz nahm Paula seine Hand, hielt sie fest und lehnte sich gegen ihn. In ihrem Nacken spürte sie seine Lippen.

Die letzten Schüler kamen zurück und ließen sich keuchend ins Gras fallen. «Das war ja klasse! So eine Fotosafari hab ich noch nie erlebt!», ächzte jemand unter Lachkrämpfen.

«Mensch, der hat ja sauer geguckt!», sagte Maxie. «Dem möchte ich nicht allein begegnen.»

«Machen die Navajos das auch immer so mit schönen Männern?», fragte Paula übermütig.

Die Mädchen der Mädchen-Arche fingen an zu kichern.

«Navajos?», fragte Elias. «Sind das nicht Indianer? Was bedeutet das?»

«Genau», sagte Paula sanft, «aber das verstehst du nicht.»

Beide

Wehmütig sah Paula den See in der Sonne leuchten. Noch einmal war er links zu sehen, dann hatte der Bus gewendet und schaukelte auf die Straße hinaus.

«Tschüs, Mädchen-Arche», flüsterte Judith neben ihr.

«Tschüs!», murmelte auch Paula.

Sie drehte sich kurz um und warf einen letzten Blick auf die Häuschen, die im frühen Morgenlicht lagen.

Seufzend ließ sie sich gegen die Rückenlehne fallen. Warum nur hatte jede Klasse einen Bus für sich? Warum konnten sie nicht einmal gemischt fahren?

Der zweite Bus mit der 7a an Bord fuhr vor ihnen. Keine Chance, Elias zu sehen. Keine Chance, noch einmal mit ihm zu reden. Wie ging es jetzt weiter?

Paula kniff die Augen zu vor lauter Sehnsucht. Wenn er doch nur etwas gesagt hätte gestern Abend! Doch er hatte nichts gesagt. Jedenfalls nichts, was ihre Beziehung betraf. Und es war doch eine Beziehung, oder etwa nicht?

Nein, er hatte nicht viel gesagt, und auch sie hatte nichts gesagt, obwohl sie noch lange zusammen waren, die 7a und die Mädchen aus der Mädchen-Arche. Sie hatten bei der großen Blonden im Haus gesessen, die letzte Flasche Bier geteilt, über die Fotosafari gelacht und dann zu lauter Musik ein bisschen getanzt. Aber ohne Anfassen. Trotzdem war es schön gewesen, fand Paula. Elias hatte sie angesehen und gelächelt und sich wild ausgetanzt. Das war schön anzusehen.

Doch nun saß sie hier und wusste nicht weiter. Was war, wenn er am Montag nichts mehr von ihr wissen wollte? Sollte sie ihn anrufen? Würde er sie anrufen? Was war, wenn er nicht anrief? Und was war, wenn er anrief? Konnten sie sich dann irgendwo treffen? Würde er sich trauen, zu ihr nach Hause zu kommen? Durften sie in ihr Zimmer gehen und ungestört bleiben?

Diese Gedanken sanken tief in Paulas Herz und machten es schwer. Ach, wenn die erste Liebe doch nur einfacher wäre! Wenn man doch schon genau wüsste, was und wie und wo und warum!

Paula seufzte.

Unwillkürlich musste sie an ihre Sorgen vor der Abreise denken. Ach, wenn die ersten Tage doch schon da wären, hatte sie gedacht. Wenn man doch wüsste, wann und wo und wie sie kämen!

Jetzt waren sie da, und Paula brauchte sich darüber keine Gedanken mehr zu machen. Jetzt wusste sie, dass es in ungefähr vier Wochen wieder so weit war. Und schon hatte sie andere Sorgen! *Elias!* Wann seh ich dich wieder? Wie geht es weiter mit uns? Das waren ganz andere Sorgen, fand sie. Viel ernster. Viel schwieriger.

Vielleicht war es das, was ihre Mutter mit Erwachsenwerden meinte? Paula dachte an den Abend auf dem Flur, als ihr die Bindenpakete alle runterfielen und die Mutter sie beruhigte und ihr den Witz erzählte.

War es so mit dem Erwachsenwerden? Man hat Probleme, und wenn die gelöst sind, hat man neue? Wenn das so war, nein danke!

Wieder seufzte Paula.

Jenny beugte sich von vorn über den Rücksitz. «He, wer schmachtet hier denn so?», rief sie gut gelaunt. «Hast du sonst noch Probleme?»

«Nö», antwortete Paula schnell. «Ich überleg nur grade, was ich alles vergessen habe.»

«Ach du Schreck!», rief Jenny gespielt entsetzt. «Ich hab's! Die Visitenkarte von unserem Schönling hab ich vergessen! Aber sonst haben wir doch alles super hingekriegt, oder?»

Selbst Paula musste grinsen. Ihr fiel ein, wie sie gestern noch spät in der Nacht den Abwasch machten und sich anschließend eine wilde Schlacht mit nassen Geschirrtüchern lieferten, bis jemand an die Haustür klopfte und «Ruhe jetzt!» rief und alle erschrocken in ihre Zimmer liefen. Ob das Frau Essigbaum war? Wer sonst, entschied Paula und schielte zu ihr hin. Doch ihre Klassenlehrerin saß ganz entspannt in ihrem Sitz, las Zeitung und kümmerte sich um nichts.

Später dann hatten sich die Mädchen noch oben auf dem Balkon getroffen, die Aussicht genossen und über alles Mögliche geredet.

Kurz hatte Maxie gefragt: «Und, Paula? Geht ihr nun zusammen?»

Als Antwort hatte sie nur «Lass mich in Ruh» geknurrt, da fragte niemand mehr. Schade. Eigentlich hätte Paula gern über Elias geredet. Und was das alles bedeutete. Bei ihren Tagen hatte das Reden darüber ja schließlich auch geholfen.

Wahrscheinlich war die erste Liebe eben doch noch schwieriger, überlegte Paula. Zu schwierig und zu speziell. War Maxie jetzt in Mike verliebt? So richtig, wie sie selbst? Oder Judith? Und was war mit Jenny?

So war das. Jede blieb allein damit. Schade, dass es nicht noch einen Abend in der Mädchen-Arche gab, dachte Paula. Vielleicht hätten wir ja doch darüber reden können.

Sie schaute aus dem Fenster. Da stieß Judith sie an.

«Hast du eigentlich deine Mutter angerufen? Du hättest doch mein Handy haben können.»

Stimmt! Das hatte sie die ganze Zeit vorgehabt. Doch anscheinend war das nicht mehr so wichtig gewesen. Paula schüttelte den Kopf.

«Die wird ja staunen», meinte Judith. «Wirst du es ihr erzählen?»

«Was.»

«Das mit Elias.»

«Nö. Reicht doch, wenn ich ihr das mit meinen ersten Tagen erzähle, oder?»

Judith schwieg.

«Würdest du denn … ich meine … warst du schon mal …», fragte Paula nach einer Weile.

«Was?»

Paula wand sich. «Na, verliebt.»

Judith nickte unmerklich.

«Echt? Wann denn? Ich hab gar nichts davon gemerkt.»

«Ist schon länger her. Wir waren im Urlaub», sagte sie leise. «Ich hab ihn nie wieder gesehen.»

Paula wartete. Doch Judith schwieg.

So war das also. Mit vielen Dingen blieb man allein. Selbst der besten Freundin sagte man nichts. Musste das so sein? Paula gab sich einen Ruck.

«Komm doch morgen früh zu mir», sagte Paula leise. «Erzählst du mir davon?»

Judith wollte gerade antworten, da standen Maxie und Nevin vor ihrer Sitzreihe und winkten auch Jenny her.

«Hey, ihr!», sagte Maxie. «Also, wir haben uns gedacht, bis die Schule Montag wieder anfängt, sollten wir von der Mädchen-Arche uns gegenseitig was versprechen.»

«Pst!», machte Nevin nervös. Doch niemand schien ihnen zuzuhören.

«Gute Idee», meinte Judith und lächelte wieder.

Doch Paula sah genau, dass ihre Augen feucht waren. Sie legte einen Arm um Judith und sagte: «Und was?»

«Dass wir zusammenhalten natürlich!»

«Dass wir uns treffen natürlich!»

«Wie wär's mit morgen?»

«Toll! Und wo?»

Sie schwiegen und sahen sich an. Die Mädchen-Arche gab es nicht mehr.

«Am besten, wir telefonieren nochmal», murmelte Nevin.

«Halt», rief Judith auf einmal. «Vorher möchte ich noch was tun.» Sie sah Paula ruhig an und ergriff dann ihre Hand.

«Ich will bis morgen Ringe tauschen mit dir.»

Damit zog Judith Paulas Ring vom Finger und setzte ihr den ihren auf. Paula kriegte einen Kloß im Hals.

Auf einmal brach ein Tumult los. Jede tauschte mit jeder ihren Ring, Jenny wollte Maxies haben, Nevin gab ihren Maxie und nahm Jennys. Die Mitschüler machten lange Hälse.

«Was ist da denn los?», fragte jemand.

Ein anderer rief: «Die Navajos machen das aber anders!», und alle brüllten.

Paula jedoch drehte an Judiths Ring und spürte ein heißes Glücksgefühl wie eine Welle durch ihren Körper rollen.

Dann dachte sie an Elias und dass es so viel schwerer war, sich mit ihm zu treffen. Sie sah aus dem Fenster, und auf einmal huschte ein Lächeln über ihr Gesicht. In der Tat, das war eine gute Idee! Schnell holte sie einen Zettel aus dem Rucksack und notierte ihre Telefonnummer und Adresse darauf.

Als die Busse auf den Schulhof rollten, war Paula eine der Ersten, die ihre Tasche ergattert hatte. Ein kurzer Blick in den schnell geöffneten Reißverschluss bestätigte ihr, dass sie sich nicht geirrt hatte. Rasch legte sie den Zettel auf das Flamingotuch und zog den Reißverschluss wieder zu. Dann griff sie nach Elias' Tasche und nahm sie mit.

Als sie dann in die Arme ihrer Mutter sank, erhaschte sie einen kurzen Blick von Elias.

«Tschüs, Paula», rief er rüber.

Paula machte sich schnell frei.

«Tschüs», sagte sie und hob die Hand.

«Bis Montag?», fragte er. «Nach der Schule?»

Dann war er weg.

Glücklich lächelte Paula. Er wollte sich verabreden! Doch sie hatte schon vorgesorgt. Bis gleich!, dachte sie.

«So», sagte Paulas Mutter überrascht und sah Elias hinterher, «der ist ja nett. Und wie war's? Du hast ja gar nicht angerufen.»

«Gut», sagte Paula nur.

«Wie schön», sagte ihre Mutter. «Komm mit zum Auto. Und deine Tasche lass mich mal tragen.» Es ist nicht meine, Mama, es ist seine, dachte Paula, und ihr war, als müsste ihr das Herz zerspringen.

«Hallo, Paula», sagte Birte, als sie ins Auto stieg. Mama hat mir erzählt, warum du eigentlich nicht mitwolltest. Und? Hast du sie gekriegt?»

«*Sie* oder *ihn*, das ist hier die Frage», murmelte Paulas Mutter, während sie die Tasche auf den Rücksitz stellte.

«Beide», sagte Paula nur und lächelte.

«Mama, hast du gehört», rief Birte begeistert, «sie hat ihre Tage gekriegt! Warum hast du nicht angerufen? Und was meinst du mit *beide*?»

Sie *und* ihn, dachte Paula und tätschelte die Tasche. Es war nur eine Frage von Minuten, bis er sie anrufen würde.

«Hey, Paula», würde er sagen, «warum sieht deine Tasche eigentlich genauso aus wie meine? Kann ich gleich vorbeikommen?»

Die Autorin

Ulrike Kuckero wurde in Bremen geboren, studierte nach dem Abitur Literaturwissenschaften, Anglistik und Pädagogik in Kiel, New York und Hamburg und lebt inzwischen mit ihrer Familie wieder in Bremen.